Hananami Kaorubo
花波薫歩
Illustration ボダックス

辺境の貧乏伯爵

になったので

改革

に励みます

3

~ドラゴンと、もっとお仕事~

As I would marry into the remote poor earl,
I work hard at territory reform

セルジュ

アンジェリクの夫。イケメンだがドラゴンの世話に夢中で領地をほったらかしていたポンコツ伯爵。アンジェリクとともに領地改革とドラゴン便の就航に挑んでいく。

アンジェリク

大貴族モンタン公爵家の第一令嬢。父の後継者として領主教育を受けてきた。聡明だがさばさばしすぎなところも。お菓子よりお肉が好き。

ポリーヌ

ジャンの遠縁にあたる十六歳の少女。アンジェリクの侍女として雇われたが、自ら望んでドラゴン使いとなった。

ジャン

ブール城で働くドラゴン使いのリーダー。サリの担当。妻と二人の娘がいる。

エリク

ブール城で働くドラゴン使いのリーダー。元兵士でラッセの担当。赤い髪色の穏やかそうな青年。

ドラゴンたち

ブールで飼育されているドラゴンは青い鱗のラッセ(♂)、赤いサリ(♀)、ラッセとサリの子どもで緑のボア(♂)と赤紫のビビ(♀)、森で拾われた白いブランカ(♀)、コスティと一緒にやって来た黒いオニキス(♂)の六匹。

コスティ

ドノン公爵に脅されて、アンジェリクたちの妨害をしていたドラゴン使い。今はブール城の一員となった。

バルト

モンタン公爵を襲い牢に繋がれていたが、アンジェリクに赦されてブールでドラゴン使いになった。無口で不愛想。

ユーグ

バルトと同じくらい無口なドラゴン使いの少年。ポリーヌと同い年。

ギー

ドラゴン使いの一員で、兵士出身の男性。

エマ

公爵家時代のアンジェリクの侍女。ドラゴン使いに志願して、姉夫婦ともどもブールにやって来た。

セロー夫人

ブールでのアンジェリクの最初の侍女で、女性使用人のまとめ役。夫が事故で他界しており、二人の娘を母親に預けて働いている。

エミール

ボルテール家の執事。ブール城の修繕や人員、財政を管理している。

コルラード

現モンタン公爵にしてアンジェリクの父。フェリクスとは旧知の仲。

フェリクス

現バルニエ公爵にしてセルジュの父。セルジュのことを一度は勘当していた。

ドノン公爵

コルラードやフェリクスと並ぶ五大公爵家の当主。昔の因縁からアンジェリクたちを妨害したが……?

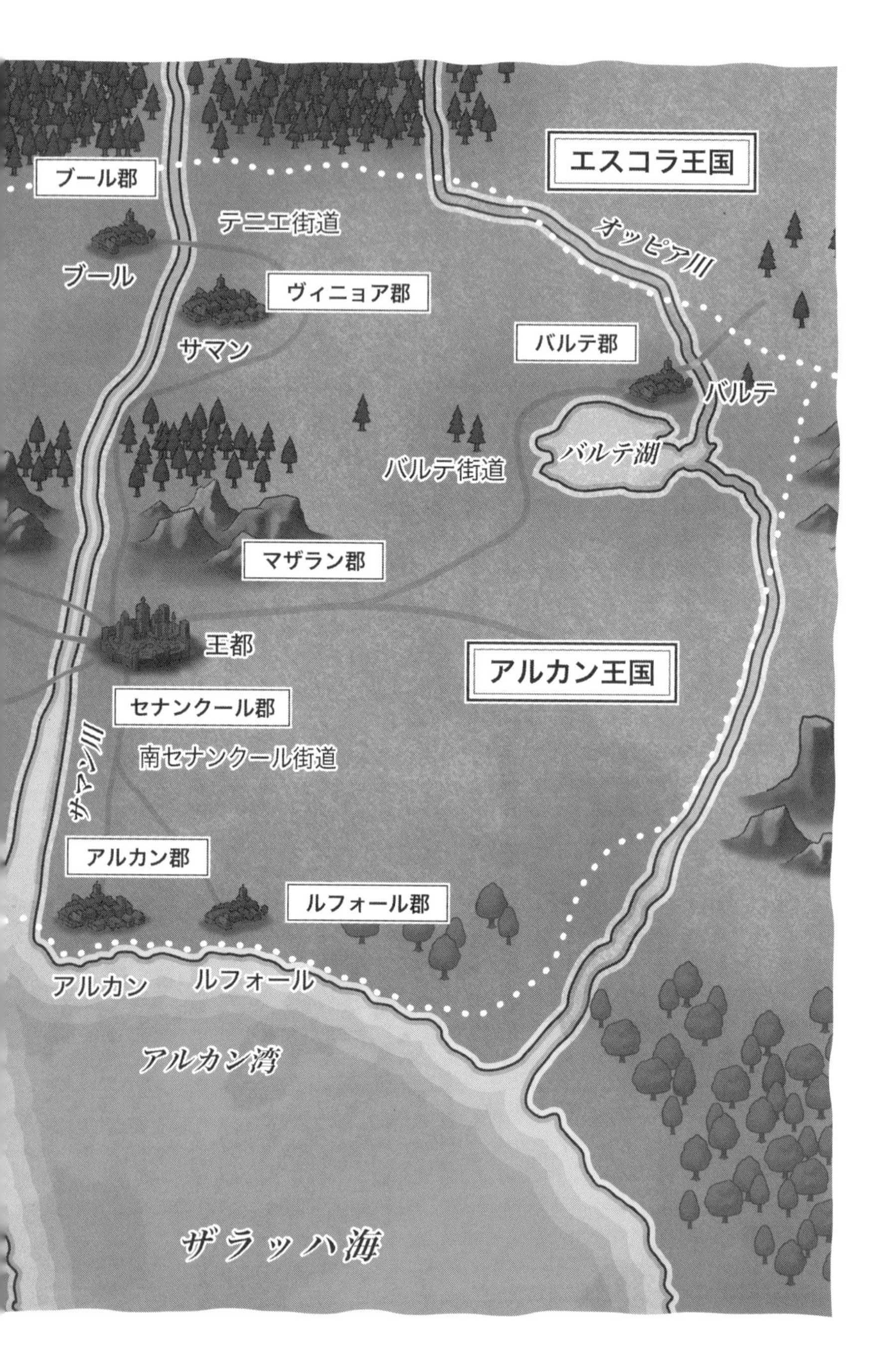
エスコラ王国
ブール郡
テニエ街道
オッピア川
ブール
ヴィニョア郡
サマン
バルテ郡
バルテ
バルテ湖
バルテ街道
マザラン郡
王都
アルカン王国
セナンクール郡
サマン川
南セナンクール街道
アルカン郡
ルフォール郡
アルカン
ルフォール
アルカン湾
ザラッハ海

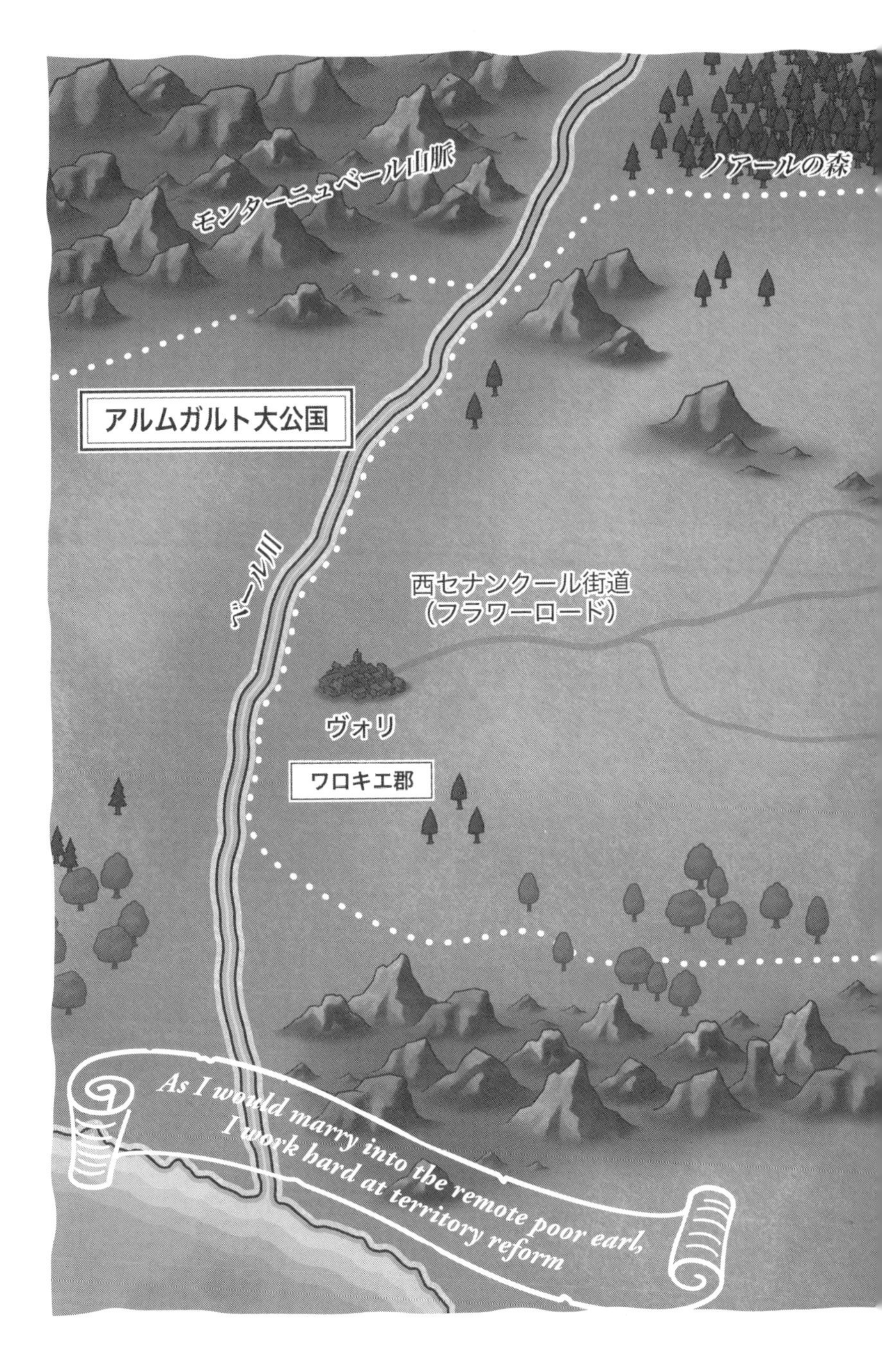
モンターニュベール山脈
ノアールの森
アルムガルト大公国
ベール川
西セナンクール街道
（フラワーロード）
ヴォリ
ワロキエ郡
As I would marry into the remote poor earl,
I work hard at territory reform

濡れ衣により第二王子との婚約を破棄され、
辺境の貧乏伯爵セルジュのもとに嫁ぐことになった公爵令嬢アンジェリク。
ドラゴンオタクで領地をほったらかしていたセルジュを叩きなおし、一緒に領地改革に挑むことに。
そんな中、父モンタン公爵の殺害未遂事件が発生！
アンジェリクは事件の犯人が従姉妹のシャルロットであると暴き、
婚約破棄の原因となった濡れ衣も無事に晴らされた。
セルジュとの間に第一子ルイーズも誕生し、
アンジェリクはドラゴンの飛翔能力を活かした新事業〝ドラゴン便〟を計画する。
折しもアルカン王国では、街道の事故で物流が滞っており、
国王の命令と後押しもあってドラゴン便は運航を開始する。
次々と辞めてしまうルイーズの乳母、黒いドラゴンを使ってたびたび妨害してくるドノン公爵、
怪しいビジネスを勧めてくる色物姉妹、人手不足に資金難……。
数々の困難を乗り越え、なんとかドラゴン便で利益を出し始めたアンジェリクたちだったが、
借金もかさんでしまい、相変わらず貧乏なままなのであった。

第一章

1　新しい年の始まり

「どうして、私とコスティなんですか！」

椅子を蹴るようにして、ポリーヌが立ち上がった。

廃墟同然だった城のホールを改装した『ボルテール・ドラゴン便商会』の事務所では、朝のエサやり後の空き時間を使って、ドラゴン便の今後についての全体会議が行われていた。

ふだんはにこにこ笑っていて、どちらかと言えば従順なポリーヌの突然の剣幕に、ドラゴン使いたちは目を丸くして一斉にポリーヌを見た。

いつも通り、無駄に美しい顔でセルジュがへらりと笑う。

「ワロキエ便のことは、きみたちに任せておけば安心かなと思って」

ドラゴン便の定期運航が始まっておよそ三カ月。コスティとオニキスが仲間に加わって一カ月が経とうとしていた。聖なる神子の生誕祭に続く二週間の冬休みも終わりが近い。

「みんなのおかげでブール・ヴィニョア便はひとまず順調だ。ワロキエ便も花の輸送を中心に安定した利益を上げている。いろいろあったけど、『ボルテール・ドラゴン便商会』はどうにか軌道に乗り始めていると思うんだ」

そこで、次はいよいよルフォールとバルテに新しいルートを広げる準備に取り掛かりたいのだと、セルジュは言った。

「ワロキエ便にはまだ課題があるけど、河川港の近くに新しい発着所を移すことも決まったし、うまくいけば、近々ミルクの運搬も再開できると思う。頼れるドラゴン使いが二人もいれば、きっと大丈夫だよね」

ドラゴン使いとしてコスティがきわめて優秀であることは、短い間にみんなにもよくわかっていた。言うまでもなく、ポリーヌは最も信頼できるドラゴン使いの一人だ。

まわりがなんとなく納得して頷きかける。しかし、ポリーヌは立ったまま続けた。

「でも、私、コスティに命令されるのは嫌です」

「命令？」

「コスティの下で働くのは、嫌なんです！」

「わがままもいい加減にしろ」

割って入ったのはジャンだ。

「旦那様が決めたことだ」

「でも」

ポリーヌは口をぎゅっと結んで眉間に皺(しわ)を寄せた。

誰かが小声で「でも、まあ、ポリーヌの気持ちもわかるよな」と呟く。何人かが「だよな」と頷いてコスティを見た。

セルジュにうまく言い含められ、なんとなくコスティを迎え入れてしまったブールの面々だが、出会いが出会いなだけに、「なんで、あんな奴が……」と不満を抱えている者はまだ多い。

アンジェリクもその一人なので、みんなの気持ちがよくわかる。どうして彼を許せたのか、自分でもいまだに理解できない。

エスコラのドラゴン研究所のイルマリ・リンドロース所長から直々に頼まれたとかで、セルジュは断ることができなかったらしい。けれど、コスティのせいでポリーヌはあわや死ぬかというほどの事故に遭ったのだ。

そのことだけでも許せないのに、その上、王都ではラッセとめちゃくちゃな戦いを繰り広げて積み荷をダメにした。

ブランカは怪我をしたし、時計台も壊した。あの代金はドノン公爵に回したいところだが、まだ話がまとまっていない。コスティが『ボルテール・ドラゴン便商会』に所属することになったせいか、うやむやにされそうな気配がある。

ただでさえ心細かったボルテール伯爵家の財布はぺしゃんこだ。ひっくり返して振ってみても何も出てこない。むしろ借金が……。

(疫病神じゃないの)

みょうにひょうひょうとしているコスティ・ソリヤの顔を眺め、アンジェリクはひそかにため息を吐いた。肝心のコスティはすまし切った顔でポリーヌとセルジュのやり取りを黙って聞いている。

(他人事か……)

思わず突っ込みを入れたくなる無関心さである。

ほとんど口をきかないユーグやバルトにも困るが、このコスティという男も得体が知れない。話しかければふつうにしゃべるし、受け答えにはそつがないし、言いたいことはちゃんと言っているようにも見える。

なのに、イマイチつかみどころがないのだ。

セルジュが続ける。

「ポリーヌがコスティの命令や指示を聞く必要はない」

「でも……」

「指示も。むしろ、きみがコスティに指示を出すんだ」

「え？」

口を半開きにするポリーヌにセルジュはにっこりと笑いかけた。

「コスティのほうが年上だし、ドラゴン使いとしての経験もある。だが、今回は、サポートにまわってもらう。ワロキエ便のことを一番知っているのはポリーヌだからね。ポリーヌが中心になってワロキエ便をやってほしい。リーダーになってくれるかい？」

「ジャンは……？」

「ジャンには別の仕事を頼む」

ポリーヌは息をのんだ。

「ポリーヌならできるよ。コスティもいるし」

みんなの目がセルジュからジャン、眉根を寄せたポリーヌ、それからコスティへと移動する。

「コスティも、それでいいね」

「はい」

新入りにしてワケアリのドラゴン使い、コスティ・ソリヤは、すまし顔のまま頷いた。

ポリーヌがコスティに目を向けると、コスティはチラリとポリーヌを見返して、ちょっと小ばかにしたようにフッと笑った。真っ赤になったポリーヌがダン、と机に手を置いた。

「わかりました。精一杯、務めさせていただきます！」

「うん。よろしく頼む」

にこにこ顔のままセルジュが頷く。

「ワロキエ便のライダーは、ポリーヌとコスティの他に、エマにやってもらおうと思う」

ドラゴンに騎乗して飛ぶドラゴン使いを、最近はライダーと呼ぶようになっていた。飛ばない者は地上係員と呼んでいる。『飛べないドラゴン使い』とはもう誰も言わない。

「ブールでの飛行訓練を終えたらワロキエ発着所に合流してくれ」

「はい」

エマは緊張気味に頷いた。

このエマ、もともとはモンタン公爵家にいた頃のアンジェリクの侍女で、いろいろあってドラゴン使いに志願し、姉のララやその夫のダニエルとともにブールの仲間に加わった。

ドラゴンに乗って飛ぶことを希望している貴重なライダー候補である。

他にバルトを含むベテラン地上係員の中から、単身者でもある二人の青年がワロキエ発着所に配属された。新人教育が済むまでの数週間、残りの二人もワロキエに残ってもらう。

「ワロキエの地上係員はこの四人で頼む」

新人が仕事に慣れたら、家族持ちの二人はブールに戻ってもらうと付け加える。

「あれ？　バルトは？」

「バルトもワロキエに残るんですよね……？」

不思議そうに誰かが聞いた。

「バルトには、新人スタッフの面倒を見てもらう」

バルトは黙って頷いた。

相変わらずの無表情だが、チラリとアンジェリクに向けた目の奥に、例の『俺はあんたの命令ならどんなものにも従う』的な忠誠心が見え隠れして、なんだかちょっと暑苦しい。

暑苦しいが、助かる。新人を指導するのは、大変なのだ。

前回採用した五人は、結局五人とも辞めてしまった。その指導に当たっていたセルジュは散々な目に遭ったらしく、ゲッソリとやつれた顔をしていたのを覚えている。

（今度の人たちは残ってくれるといいけど……）

他に頼めそうな人がいなくてバルトを教育係にしたのだが、一抹の不安はぬぐえない。

年末から年始にかけての二週間の冬休み中、アンジェリクとセルジュはウンウン唸りながら今年の運営計画を練った。

大きな柱は三つだ。

現状の二つの便の安定した運航の実現。新人の育成。そして、新たな便の開拓。

ドラゴン便を思いついた当初から、国の四方に発着所を置いて、アルカン王国のどこへでも荷物を運べるようにしたいと思っていた。ルフォール便とバルテ便の開拓は重要な課題だ。

ただし、お金と相談しながら。

人員の配置も追いつかない。

お金と人のやりくりは、本当に頭が痛い。

それでも、ドラゴン便のためのスタッフは、現在のところ、全部で二十一名になった。発足当時の倍の人数だ。

ライダーはジャン、エリク、ポリーヌ、ギー、ユーグ、エマ、コスティの七名。地上係員はバルトを含む以前からの五名に王国軍からの転職組が三名、それにエマの姉に当たるララの夫、元ドノン公爵家の使用人だったダニエル・ポアソン、そして、ワロキエやヴィニョア周辺から張り紙を見て応募してきた新人五人の計十四名である。

王国軍の三人は王都でドラゴン便の仕事を経験した上で志願してきたくらいなので、すでにある程度のことを任せられる。ダニエルを含む新人六人には仕事を教えていかなければならない。

（エマとダニエル、王国軍の三人は残ってくれそうだけど……）

ワロキエとヴィニョアの新規採用組五人については若干不安を覚える。最初から疑うのはよくないが、前回の五人のような人たちでなければいいけれど、と願わずにいられない。

（コスティも残るわね）

コスティはエスコラの王立ドラゴン研究所に所属したままセルジュに預けられた。期間については特に決まっていない。エスコラの研究所でのコスティの立ち位置がイマイチわからないが、とりあえず急に辞めてしまうということはなさそうだ。

いろいろあるが、いずれにしても人数そのものは倍増した。

「ブール・ヴィニョア便はエリクとジャン、ユーグとギーに飛んでもらう。ドラゴンはラッセとサリだ。ボアやビビにも少しずつ訓練を積ませる」

ボアはユーグが、ビビはギーが中心になって世話をすることになった。

「それぞれの便を週に二便運航して、いずれラッセとエリク、サリとジャンには、ルフォールとバルテの便を任せたい」

国の四か所に発着所を置く計画については、以前からみんなにも話していた。ドラゴン使いたちは「いよいよか」と、互いに目と目を見合わせて頷きあった。

国の端から端までのルートが確立されれば、それによって生まれる需要もあるだろう。ドラゴン便を思いついた当初からアンジェリクが考えていたことだ。フクロウ便のように速く遠くへ、フクロウ便では運べない大きな荷物を届けることができれば、きっと喜ばれる。

できるだけ早く四つの便を整えたい。

（でも、手を付けられるのは、夏以降でしょうね）

事業の拡大には先立つものが必要だ。ところが、誰もが知っているようにボルテール伯爵家は貧乏なのである。とても貧乏。

人手も足りない。人数そのものはギリギリなんとか足りるかもしれないが、みんなに負担がかかるのは目に見えている。

無理をしてまで急ぐ必要はない。今年中に運航できれば上出来だ。

まずは借金を返し、その間に人を育てる。無理なく運航できる準備を整えていけばいいだろうと、セルジュと二人で決めた。

「何事もなく順調にいけば、今年の終わりくらいには運航を開始できると思う。それを目標に、まずは、この体制で週二便の運航をしっかりやっていこう」

「はい」

セルジュの言葉にみんなが元気に声を揃えた。


それぞれ朝食を取るために宿舎や自宅に散ってゆくドラゴン使いたちをセルジュと二人で見送る。その中にひときわ小さな背中があるのを見て、アンジェリクは頬を緩めた。

(ポリーヌも、ドラゴン使いの宿舎に移ったんだったわね)

ブール城の裏手は小高い丘になっていて、その中腹の平らな場所にドラゴン厩舎は立っている。

丘の麓にはドラゴン使いたちの宿舎が並んでいて、小さな畑と鶏小屋を備えたコンパクトな一軒家は、最初はほんの数軒だけだったのだが、今はだいぶ数が増えていた。

畑の世話だけを専門にやっている小作人の家と合わせると、ちょっとした集落ができている。単身者用の長屋も近くにある。元は厩番や城の使用人たちのための建物だったが、馬の世話をするのも今はドラゴン使いたちなので、そのまま単身者用の宿舎として使っている。

城で働くエミールとドニ、下働きの少年たちは本館の半地下に部屋を持っているので、人数が増えた今も部屋数は足りているようだった。

セロー夫人をはじめとする女性の使用人たちは本館の屋根裏部屋を使っていて、ポリーヌはドラゴン使いになった後も、ワロキエに行った後も、ブールにいる時はクロエやサラと一緒にその部屋で寝泊まりしていた。

だが、今回、エマが仲間に加わったのを機に、エマとポリーヌは集落の中にある宿舎に入ることになったのだった。

宿舎と言ってもふつうの一軒家だ。寝室が二つあるだけの小さな家。入ってすぐの土間の一角に申し訳程度の炊事場はあるが、鶏小屋や畑の道具をしまう納屋などは付いていない。

その小さな家を最初に見た時、ポリーヌは大きな目をさらに大きく見開いて、口元を両手で覆っていた。

『……信じられない』

家はもちろん、自分の部屋を持つのも初めてなのだと言った。屋根裏部屋では侍女たちや下働きの少女は小さく仕切った囲いのある大部屋に寝泊まりする。ベッドとその上にある棚だけがプライベートな空間だ。

侍女になる前は、面倒を見てくれていた家の住宅事情に合わせて、ときには寝床さえ親戚の子どもと分け合っていたのだと言った。

ベッドと小机、壁にかけたハンガーとかごが一つあるだけの小部屋。ハンガーにはアンジェリクのお下がりの乗馬服と以前着ていた侍女のドレスが大事そうにかかっていた。

普段着ているドラゴン使いの制服の他に、服はその二着しか持っていないという。

布で覆われたかごの中には下着類やリネン類が入っているようだった。

簡単な炊事場があることにも、ポリーヌは目を輝かせていた。エマと二人で、炊事場の横にある小窓に花を飾りたいと楽しげに相談していた。

セロー夫人とサラが通りかかり、一緒にポリーヌのほうを見る。

「ついてこないでよ」

ポリーヌの声が風に乗って聞こえてきた。

「同じ方向なんだから仕方ないだろ」

小ばかにしたようなコスティの声が続いた。お互いにプンプンしながらつっかかり合うポリーヌとコスティのやり取りを見て、セロー夫人とサラは「春が近いんだか、遠いんだか……」と呆れたように笑って城の奥に入っていった。

「春なんてまだまだ先じゃない」

アンジェリクはやや怪訝（けげん）な顔になって、セロー夫人とサラの背中を見た。なぜかセルジュがビミョーな感じで笑う。

「ねえ、本当にポリーヌとコスティで大丈夫かしら」

あんなに誰かを毛嫌いするポリーヌは見たことがない。

「やっぱり、ユーグとボアに行ってもらったほうがよかったんじゃない？」

ワロキエ便をポリーヌに任せることは、わりと早い段階で決まった。一緒に行く者を誰にするかという点で、少し意見が割れた。

ワロキエの発着所を河川港に移すに当たって、フクロウ便の「駅」もそこに置くことを考えている。ヴォリ城にはモンタン家の「駅」があるが、アンジェリクたちがワロキエの発着所に「駅」を作るのなら、ヴォリ城の「駅」は引き払うと父は言っている。

フクロウ便の「駅」を置くには飼育員が必要だ。フクロウを慣らし、正しく意図を伝えて目的地まで飛ばせることは簡単ではない。

その簡単ではないことを、いとも容易くやってのける者がいた。ユーグとコスティだ。

そもそもアンジェリクたちが早々にブールに「駅」を置くことができたのは、ユーグがいたからだ。そして、ワロキエの発着所に「駅」を置くなら、コスティかユーグに行ってもらう必要がある。

「ボアに、もうちょっと落ち着きが出てくれればなぁ……」

「そうね……」

ちびドラゴン二匹のうち、男の子のボアはかなりやんちゃな性格だった。大好きなブランカのいうことしか聞かないようなところがあり、新入りのオニキスに対しては、しょっちゅう体当たりをしたり、威嚇（いかく）するように唸ったりしている。

コスティが連れてきた大きな黒いドラゴン、オニキスは、ブランカを襲い、ラッセと戦った恐ろしいやつだ。少なくとも、そういう認識がドラゴン使いたちの中にはある。ボアの怖いもの知らずの態度には、ドラゴン使いのみんなもひやひやしていた。

ユーグがボアの担当になったのは、ユーグだけは比較的うまくボアを扱えたからだが、ワロキエに行くのはオニキスとコスティか、ボアとユーグかと考えた時、ポリーヌとブランカの補佐役として、ボアとユーグよりもオニキスとコスティのほうが安心だろうということになった。

(安心、というか……、ボアとユーグだと不安というか……)

ユーグも悪い子ではないのだが、なにしろ無口でマイペースだ。ボアとユーグという自由すぎるコンビを十七歳になったばかりのポリーヌに託すのは、ちょっとばかり気が引けたのである。

「かと言って、あの感じもどうなのかしら」

珍しく感情を表に出して嫌悪感を見せるポリーヌに、アンジェリクとしては不安を感じている。だが、セルジュは相変わらず呑気(のんき)に笑うばかりだ。

「まあ、多少の衝突はあるかもしれないけど、なんとかなるんじゃないかな」

「そうかしら」

「衝突しながらでも、あの二人ならちゃんとやってくれるよ」

そろそろ中に入ろうかと促され、踵を返そうとした時だ。

「フクロウ(オウル)便だ」

セルジュが空を見上げた。

　一度、宿舎に戻り始めたユーグが丘を駆け下りてくる。大きなフクロウに左腕を伸ばし、慣れた手つきでフクロウの脚から手紙を外すと、別の小袋から器用に干し肉を取り出して与える。フクロウは満足したように「ホウ」と鳴いて南の空に去って行った。

「見事なもんですねえ」

　いつの間にか隣に立っていたエミールが感心したように言った。コスティに歩み寄り、手紙を受け取ると、戻ってきてセルジュに手渡す。

「また、青いリボンですね」

「またか」

　エミールとセルジュと三人で、顔を見合わせ苦笑する。

　青いリボンは急ぎの手紙ではないことを示す。ドラゴン便が王都と行き来するようになり、荷物の他に手紙も運ぶようになると父や妹たちは、たいした用事がなくてもフクロウ便を使うようになった。馬車便で返事を待つ間に、先にドラゴンが来てしまうからというのが彼らの言い分だ。

　妹たちからのものと、父からのものをセルジュから受け取る。セルジュ宛にバルニエ公爵からの手紙もあった。

「なんて書いてあった？」

「ルーを連れて王都に来いですって」

「こっちもだ」

　主な内容はどれも似たり寄ったりだった。アンジェリクが王都を離れてからのちょっとしたニュースがいくつかと、新年の顔合わせに王都に来てはどうか、是非ともルイーズを連れて、というものだ。

「相変わらずルーは大人気ね」

アルカン王国で一、二を争う大公爵、アンジェリクの父であるコルラード・モンタン卿とセルジュの父であるフェリクス・バルニエ卿は、目下のところボルテール伯爵家の第一令嬢ルイーズに夢中である。目に入れても痛くないほど溺愛している。

他の地方貴族たちがよくそうしているように、てっきりルイーズも王都で育てるのだと思っていた二人は、アンジェリクたちがルイーズをブールに連れて帰ると知って、この世の終わりのような絶望的な顔になっていた。大げさである。

「いずれにしても、挨拶には行くつもりだったし、最初のブール・ヴィニョア便できみとルイーズも王都に行くかい？」

「ララがいいって言えばね」

ルイーズの乳母であるララは、エマの姉だけあってというべきか、珍しくドラゴンを怖がらない。王都からブールに来た時も、夫のダニエルが他のみんなと馬車で移動する中、ルイーズとララ自身の娘である小さなリラの世話をしながら、ラッセの背中に乗ってきた。

頼めば一緒に行ってくれるかもしれない。

「後で聞いてみるわ」

ドラゴンに乗って飛んで行けば、王都もそれほど遠くない。

2　王都にて、懐かしい人に会う

ワロキエ発着所の地上係員が先に馬で出発し、その数日後にジャンとポリーヌとコスティ、それにエミールが、三匹のドラゴンに乗って旅立っていった。

エミールが一緒にワロキエに向かったのは、河川港側に新たな発着地を作るためだ。ブールに戻ったばかりなのに気の毒だが、頑張ってもらうしかない。セルジュの人使いの荒さには「もう慣れました」と言って、諦めたように笑っていた。

ドラゴンに乗るのは嬉しいらしく、意外と軽い足取りでみんなと一緒に旅立っていった。

ワロキエにジャンが同行したのはリーダーの仕事を引継ぐためだ。ポリーヌたちにおおよそのことを教えてからブールに戻ることになっている。

ワロキエの郡都にあるヴォリ城にはもともとモンタン公爵家の使用人だった管理人兼臨時執事の青年がいる。荷物の受付や売上金の管理など、事務的な仕事は彼がやっていた。

彼と一緒にそれを管理するのもリーダーの仕事の一つだ。ドラゴンに乗って荷物を運ぶ時も積荷と伝票の照らし合わせなどの事務作業があるが、そこに発着所全体の管理も加わる。リーダーになると仕事は増えるし、責任も重くなる。

「ポリーヌがうちに来てくれて、本当によかったわね」

ジャンがポリーヌを連れてきたのは、アンジェリクの懐妊がわかって侍女をもう一人欲しいと思っていた時のことだ。母方の遠縁によく働く娘がいる。仕事を探しているので会ってくれないかとセルジュに相談してきた。

『早くに両親を亡くして、親戚の家を転々としながら育ったので、十分な教育を受けてきたとは言えないんですが、教師をしていた俺の母親が見た限りでは、読み書きや算術の基礎はしっかりしているし、少し難しい本を貸しても楽しそうに読んでるらしいんです』

田舎娘にしては言葉遣いも綺麗だという。

『外で働くのは初めてなんで、推薦状なんかはありません。ですが、旦那様なら、気に入ってくださるんじゃないかと思って』

控えめなジャンが強く推すだけあって、ポリーヌは申し分のない娘だった。

「ドラゴン使いになりたいって言い出した時はびっくりしたけど」

「そのポリーヌが、今では、ワロキエ発着所のリーダーだ」

しかも、安心して任せることができる。

ララはアンジェリクの願いを快く聞き入れてくれた。訓練中のエマとダニエルを残して自分の娘とともに王都に同行してくれる。

ドラゴンに乗って。

せっかく王都に行くので一週間ほど滞在するつもりだ。アランの店の様子も見てきたい。

「最初の便は荷物が多いし、サリにも飛んでもらおうと思う。復路をユーグとギーに任せて、次の便まで僕も王都に残るよ。面接もできるし」

「ダニエルが紹介してくれた人たちね？」

「うん。三人来るらしい」

　ララの夫のダニエルは、気難しい性格のドノン公爵の元で働いていた。ダニエルが仕事を辞めた後、すぐにボルテール家で職を得たと知ると、同じように公爵の癇癪（かんしゃく）に耐え切れず、紹介状もなしに辞めてしまった元同僚たちから手紙が届いたという。

『実は、仕事を探している知り合いがいるのですが……』

　ダニエルから相談を受けたのは全体会議の後のことだ。事情を聞き、王都に行った際にセルジュが面接をすることになった。面接の予定はフクロウ便で知らせてある。

「いい人が見つかるといいわね」

「うん」

　王都の発着所にも人が必要だ。ボルテール邸発着所では今も王国軍の兵士を借りている。臨時便を運航していた時は王の命令で送り込まれていたので費用はかからなかったが、通常便に切り替わってからは軍に派遣料を支払っている。

　そのへんの線引きについて、王宮はけっこうシビアなのだ。そして、王国軍の優秀な兵士を借り受けるので、料金はそれなりに高い。

　選び抜かれた優秀な人材を借りられるので、ありがたいと言えばありがたいのだが……。

それでもやはり、自分たちで直接採用した専任の係員が欲しい。お金のこともあるが、それだけが理由ではない。ドラゴン便を長く続けてゆくために、人材の確保はとても大事なことだ。

ボルテール家の発着所に降り立つと、アンジェリクの父であるコルラード・モンタン公爵とセルジュの父、フェリクス・バルニエ公爵がうきうきとした様子で迎えに出てきた。

作業員の手を借りてララとルイーズが昇降機から降りるやいなや、待ちきれないとばかりに突進してくる。

「ルーちゃん、おじいちゃんだよぉ」

前のめりに顔を寄せ、目が合うやいなや盛大に泣き出したルイーズを見て慌てて逃げていく。その後ろ姿を見ながら、なんだか成長しないなぁとアンジェリクは頭を振った。

「お父様、ルーはお腹が空いてるのよ。それに、疲れてるんだわ。少しお昼寝をしたら、きっと機嫌もよくなるわよ」

「そ、そうなのか……?」

心配そうに父がバルニエ公爵を振り返る。

「フェリクス、どうしよう」

「ルーちゃんと乳母の方には、先におまえの屋敷に移動してもらえ、コルラード」

「よ、よし。そうしよう」

ララと彼女の娘のリラとルイーズ、それに侍女たちがモンタン家の馬車に乗って先に屋敷に向かった。

「アンジェリク、本当に我々は嫌われていないのだな？」

「大丈夫よ。邪魔になるからそっちに行きましょう」

二週間ぶりの運航なのでふだんよりも積み荷が多い。

ドラゴンの背中から王国軍の兵士の手を借りて、セルジュたちが積み荷を降ろす。御者たちと協力して倉庫に向かう荷馬車へと手際よく荷を移していた。

「みんな、落ち着いて作業をしておるな、フェリクス」

「ああ。ドラゴンが近くにいても、全然、平気なようだ」

「さすが王国軍の兵士たちだ」

父たちが興味深そうに作業を見守る。

「ところで、アンジェリク。まだ専任の係員は見つからないのか？」

「明日、セルジュが何人かと面接することになってるの」

ダニエルの紹介で、ドノン公爵家を辞めた人たちと会うことになっていると教えた。

「ドノンのところの……。また、辞めたのか」

「あの人は人を使うのが下手だからな……」

二人は同時にため息を吐いた。

「面接があるということは、セルジュは明日帰るわけではないのかな。いつまで王都にいるんだい？」

　バルニエ公爵が聞いた。

「金曜日の朝よ、お義父様。明日の復路はギーとユーグに飛んでもらって、三日後に来る次の便で戻るの」

「アンジェリクとルーちゃんはいつ戻るのだ」

　父が聞く。

「その次の便でセルジュが迎えに来ることになってるわ」

「月曜日に王都に着いて火曜日にヴィニョアに戻る便だな」

「ということは、一週間は王都におるのだな」

「ルーちゃんも！」

　二人はウキウキと言い、目を輝かせる。

「「やったー」」

　ハイタッチを交わしている父たちのところにセルジュが駆け寄ってきた。

「僕はラッセたちの世話を済ませてから、馬で行きます。先にモンタン家に行っていてください」

「そうか。では、我々は行くとしよう」

　父が先に立って歩き始めるが、バルニエ公爵が振り向いてセルジュに聞いた。

「王都にいる間に、少し時間は取れそうか。『穀物新聞社』をやってる男に会ってほしいんだが」

「穀物新聞社の方に、ですか……？」

「うむ。あの新聞社はうちとラングロワ公爵家で資本を出しているんだが、実質的な経営を任せているカジミール・サンという男がいて、その男が、なんだかお前たちに会って話したいらしいのだ」

セルジュとアンジェリクが王都に来ると知って、とても急だが会えないだろうかとバルニエ公爵に聞いてきたという。

「ドラゴン便の取材か何かかしら」

「そんなところだろうな」

バルニエ公爵が軽く頷く。

「それなら、盛大に宣伝してもらうといいぞ、アンジェリク。あそこは国で一番の新聞社だ。発行部数も多いし、記事も信頼されておる。一部の投稿欄を除いてな」

父がそう付け加えた。

「そうね。そうしてもらえたら嬉しいわ。セルジュ、是非、会ってみましょうよ」

「うん。面接が終われば、明日の予定は空いてるし」

セルジュも大きく頷いた。

「父上、ありがとうございます。早速、連絡を取ってみます」

バルニエ公爵が「うむ」と頷き、セルジュは作業に戻っていった。

（三人も面接に来てくれたり、宣伝になりそうなチャンスがもらえたり、今年はなんだか、新年早々、幸先がいいわ）

ウキウキした気持ちで、父たちと一緒に馬車に乗り込んだ。

翌日、父たちは王宮での会議があると言って出かけて行った。

バルニエ公爵はルイーズが王都にいる間はモンタン家に留まることにしたらしく、二人仲よく父の馬車で出仕していった。

セルジュが面接のためにボルテール邸に行ってしまうと、特に予定のないアンジェリクは家族用の居間に落ち着き、妹たちとのんびり過ごした。

冬休み中もずっとドラゴン便のことであれこれ頭を悩ませていたので、マリーヌやフランシーヌと話すだけでも心が休まる。

「最近の王都は、どんな感じ？」

ワロキエでミルクの調査を終えて王都に戻ったのは十一月の終わり、オニキスとラッセの戦闘の後、怪我をしたブランカの回復を待ってブールに帰ったのはまだひと月前のことだ。

それほど大きな変化はなさそうだが、王都というところは何しろ流行の移り変わりが速い。

「ドラゴン便のおかげで、今年の年末年始は、花がすごく手に入りやすかったの。そのことを、みんな喜んでいたみたいよ」

物資の流れが安定して生活も落ち着いているとマリーヌが教える。

「ドラゴンに対する評価はビミョーだけどね」

フランシーヌが肩を竦めた。

「黒いドラゴンの事件があった後は『ドラゴンはやっぱり怖い』って言う人が多かったし、一時は、ドラゴン便に反対する団体まで現れたのよ」

「えっ！　団体!?」

「そうなの。大勢で『ドラゴン便、反対！』とかって叫んで、ボルテール邸の周りに集まって……」

「本当なの？」

心臓がドキドキと騒ぎ始めた。

「フランシーヌ、やめなさい。あんまりお姉様を驚かせないの」

「もちろん、すぐ下火になったけどね」

フランシーヌがペロリと舌を出した。マリーヌが「安心して、お姉様」と言って続ける。

「アルムガルト産の花や珍しいハーブが気軽に手に入るようになったのはドラゴン便のおかげですもの。喜んでいる人もいっぱいいいるわ」

「聖なる神子の生誕祭もあったしね」

遠くに住む親戚や知り合いに贈り物を送ることができて、喜ばれていたらしい。

フクロウ便を使ってカードを贈り合うことが、少し前から地方貴族を中心に流行し始め、今ではすっかり定着している。そこにこの冬、ちょっと贅沢をすれば、ドラゴン便でプレゼントを届けることができるようになった。

「馬車便を使ってもそれなりの費用はかかるし、早めに手配しないと間に合わなくなるでしょう? 自分たちが移動してくるのはもっと大変だし、それなら、ちょっと前まで大人気で、まだまだ話題性十分なドラゴン便でプレゼントを送るほうが素敵じゃない」

フランシーヌが言う。実際、そう考えた貴族や金持ちは多かったようだ。確かに、個人依頼の荷物が年末はめちゃくちゃ多かった。

「北部や西部にしか送れなかったから、南のルフォールや東にある郡にも送れたらいいのにって声もあったみたいよ? ね、マリーヌお姉様」

「ええ」

「あれこれ騒ぎたがる人もいるけど、全体的に見たら、ドラゴン便はたくさんの人に喜ばれていると思うわ」

最初の頃のような人気はないが、反対する人もそんなにいない印象だと二人は言った。

「そう……。だったら、いいけど」

「へんなことを言って騒ぐ団体もすっかり見なくなったしね」

フランシーヌが言い、マリーヌも頷く。アンジェリクもほっと息を吐いた。

「アランのお店はどんな感じ?」

「順調よ」

「本当?」

もともとブール城の菓子職人だったアランは、甘いもの好きの父も太鼓判を押すほどの腕前だったのだが、父と違って甘いものに興味のないアンジェリクのもとではイマイチその腕前を発揮できずにいた。

そのアランがたまたま王都に来ている時に、王都では焼き菓子の店が大流行していた。そこで、ブールの小麦とワロキエのミルクから作ったバターやクリームを使った焼き菓子をアランに作らせ、王都に店を出させてみたところ、なかなかの人気店となったのだが……。

王都版の『穀物新聞』の投稿欄にあれこれ書かれて、せっかくの人気が下火になったり、アンジェリクが王都を去った一カ月前には、焼き菓子店ブームそのものがすっかり下火になっていたり、さらにワロキエのミルクが運べなくなって、看板商品だったクリームケーキを売ることもできなくなったりで、大丈夫だろうかと心配していた。

だが、二人は「アランのお店の前には、いつも人が並んでいるわよ」とにこにこしながら言った。

「アランの腕がいいのはもちろんだけど、お姉様がお店の壁に貼ったポスターがあるでしょ？　あれも受けてるみたい」

アランの焼き菓子店『アラン・ベルクール』ではブールの小麦とワロキエ産のバターだけを使っている。そのことを伝えるポスターを、店の壁面に貼ってみたのだ。

領地の特産品の宣伝も兼ねて。

「腕利き職人のアランがこだわり抜いて選んでる、いかにもいい材料を使ってるっていう印象で、すごく注目されてるわ。ね、マリーヌお姉様」

「興味を持って、わざわざ買いに来る人もいるみたい。しかも、実際に食べたら美味しいでしょ。

それでまた買いに来てくれるみたいなの」

噂が噂を呼んで、じわじわと人気が広がっているらしい。

フランシーヌが「ベアトリス王妃も、王女様たちとお忍びで買いに来たのよ」と付け加える。

「え、そうなの？」

「その後も王宮の職員の方が、こっそり買いに来てるんですって」

それはすごい。王室にも専属の菓子職人がいるのに。それも超一流の職人だ。そんな中、王妃や王女がひそかに求めに来るというなら、アランの腕は本物だ。

「あのお父様が絶賛したくらいですもの。アランのお菓子はやっぱり最高に美味しいのよ」

「でも、ミルクの運搬はまだできないの？」

フランシーヌが聞いた。

「お客様からも、クリームのケーキは、次はいつ売るのかって、よく聞かれるみたいよ」

アンジェリクの元侍女で、アランの妻になったクロエから聞いたらしい。マリーヌが「お父様もすごく楽しみにしているし」と言う。

「私たちも」

アランの店を一躍人気店にしたのは、ワロキエ産のミルクから作るクリームをたっぷり使ったケーキだ。牛のストレスからミルクの質が下がり、今は販売を休止している。

「前にも話したけど、ドラゴンが近くを飛ぶのを牛が怖がるのよ」

「やっぱり味に影響が出るの？」

「ええ」

アランとアンジェリクにしかわからない程度のかすかな違いなのだが、違いがあることは確かだった。そして、アランはそのかすかな違いを許さなかった。ミルクを生産している郡は王都の近くにいくらでもあり、わざわざ西の果てのワロキエから運ぶからには、そのミルクやバターには、それだけの価値がなければいけないと言った。

「新しい発着所を河川港の近くに作るの。そうすれば、丘の上にある今の発着地より、牛たちから離れて飛べるから」

「それは、いつできるの？」

「早くても、二月の中頃ね。広い桟橋を作ってからだから、何週間もかかるのよ」

ベール川にある港の付近は建物がいっぱいで、ドラゴンが自由に飛び立てる広い土地はなかった。そこでエミールは川の上に桟橋を作って、そこに昇降装置と発着所を作る案を考えた。厩舎は例によって近くにある古い倉庫を改装して、しばらく凌ぐ。

桟橋は木製だ。石で造ったほうが丈夫で長持ちするのだが、お金も時間もめちゃくちゃかかる。

お金はともかく、時間は最優先だ。

ヴォリ城周辺の牛たちには今も怖い思いをさせているのだから。

ドラゴンは、本当は少しも怖くないと伝えたいが、相手が牛では難しい。

木製のものでも十分用途に耐えるし、石には及ばないまでも耐久性も意外とあるのだとエミールに説明され、今回は木を使うことにした。

「早くできるといいわね」

「アランのお菓子の話をしたら、なんだか食べたくなっちゃった」

フランシーヌが笑う。

「お店の様子も見てみたいし、今から街に出かけましょうか」


アランの店の近くに行くと、意外なことにエメリーヌの店もまだ残っていた。

エメリーヌ・クレール・ルグランは学園時代のクラスメイトで、上級貴族の令嬢だけで作るグループのボス的存在だった。公爵家の令嬢だったアンジェリクも、ほぼ強制的にそのグループに入れられていた。

エメリーヌと言えば、あれこれと迷惑なことや面倒なことに巻き込まれた思い出しかないのだが、離れてみると懐かしいような気もするから不思議だ。

そのエメリーヌも焼き菓子店を出していた。焼き菓子店が王都で大流行していた時には、エメリーヌの店の前にも行列ができていた。焼き菓子店ブームが去るのと同時に、宣伝と実際の味の落差が大きすぎたエメリーヌの店も、信用を落としてすっかり寂れてしまったようだった。

それが意外にも、つぶれずに続けている。

「エメリーヌも頑張ってるわね」

「だって『エメリーヌ・クレール』から『エメリーヌ・ルグラン』に名前を変えてから、まだ一カ月しか経っていないじゃない。先のことはわからないわよ」

フランシーヌがちょっと意地悪な顔で言った。

「アンジェリク」

馬車を降りたところで声を掛けられ、よもやまたエメリーヌかと身構えたが、振り向いた先に立っていたのは艶やかな黒髪の美魔女だった。

「ブリアン先生！」

どことなく見覚えのある顔立ちの侍女が、ブリアン夫人の後ろにさっと隠れる。

「久しぶりね、アンジェリク。マリーヌも、元気だったかしら。アンジェリク、あなたは母親になったんだったわね」

かつての夫人の教え子であるアンジェリクとマリーヌは笑顔で頷いた。

「先生の教えのおかげです」

少し頬を染めて微笑むと、ブリアン夫人も笑顔になり、祝福の言葉をかけてくれた。

それぞれの近況を簡単に話す。ブリアン夫人は家庭教師を引退してしまったので、マリーヌとフランシーヌには、今は別の先生が付いている。夫人の紹介した人なので、特に問題なく学んでいるようだが、フランシーヌはベストセラー作家となったブリアン夫人から一度も教えを受けられなかったことが残念だと言った。

「フランシーヌはブリアン夫人の『ロマンス・シリーズ』の大ファンなんです」

マリーヌが言い「私もですけど」と続ける。

二人ともブリアン夫人の新たな代表作で、少女向けの人気シリーズでもある『ロマンス・シリーズ』の熱烈な読者らしい。あまり長くない軽めの小説シリーズで、若い女性を中心に人気があるらしい。学園でも大流行しているのだと言い、特に異国を舞台にしたドラマチックな作品が大好きだと、二人は熱く語り始めた。

妹たちにそんな趣味があったことにアンジェリクは少し驚く。今日、ここで夫人に会えたことが夢みたいだと、二人揃って、大はしゃぎで夫人に伝えている。

「ありがとう」

夫人は微笑み、なぜか迷うようなそぶりを見せた。

少し間をおいてから「大丈夫かしら」と呟き、背後に隠れていた侍女をぐいっと前に押し出す。

「あなたたち、カトリーヌを覚えている？」

アンジェリクとマリーヌとフランシーヌは、侍女の顔を正面から見た。そして同時に叫んだ。

「「「カトリーヌ！」」」

侍女の格好をしたカトリーヌがビクッと後ろに飛びのく。逆にアンジェリクたちは先を争うように前に出た。

「カトリーヌ、どこに行っていたの」

「カトリーヌ、どうしてそんな格好をしているの」

「カトリーヌ、心配したのよ」

矢継ぎ早に続く三人の言葉に、カトリーヌは「えへへ」と、少し困ったように笑って頭を掻いた。

えへへ、ではない。そう言いたくなったが、もともとこの従姉妹はこういう感じの人だったと思い直す。

そう。カトリーヌはアンジェリクたちの従姉妹なのだ。

自身の伯父であるコルラード・モンタン公爵の命を狙い、その罪を暴かれて王国一の悪女として国中にその名を知らしめたアンジェリクたちの実の従姉妹、シャルロット・バラボー。カトリーヌはそのシャルロットの姉なのである。

シャルロットの罪のとばっちりを受けてバラボー子爵は爵位を失った。領地と屋敷はもともとの持ち主であるモンタン公爵家に返され、バラボー家の者が住むことを禁じられた。親戚づきあいもできなくなった。

平民になった叔父のダニオがどこかの屋敷で働いていることは風の噂で聞いた。けれど、シャルロットとカトリーヌの行方については父も知らないようだった。

下手に接触すると注目を浴びてしまう。シャルロットにとっても、巻き添えを食った状態のカトリーヌにとっても、探さないほうが助けになる。そんな事情もあって、今まで行方を知らずにいた。

「いったい、どこでどうしていたの？」

とても心配したのだと繰り返す。カトリーヌは「えへへ」と笑ってから、ブリアン夫人の侍女になった経緯を話した。

「お父様は爵位を失くしてしまったし、屋敷も出ていかなきゃならなくなって、私、途方に暮れていたの。そしたら、ちょうどブリアン夫人が通りかかって、ご親切に拾ってくださったのよ」

「あなたが強引に弟子にしてくれって言ってきたんですよ」

ブリアン夫人がぴしゃりと言うが、カトリーヌはにっと笑って「そうでしたぁ」と舌を出しただけだった。

あの厳しいブリアン夫人の指摘をサクッと受け流すスキルの高さにちょっとビックリする。

「とにかく、元気そうでよかったわ」

アンジェリクはほっと息を吐いた。

「アンジェリク、ここで私に会ったことは、周りの人には内緒にしてね。ブリアン夫人のところにいることも……」

「ええ。誰にも言わないわ」

シャルロットの罪が暴かれるのと同時に、実にタイミングがいいというか悪いというか、ブリアン夫人の大ベストセラー『ベッドルームの秘密』が発売され、シャルロットの夫となったエルネストの出生の秘密が明かされた。人々の注目がエルネストに集まり、シャルロットの罪も国中に知れ渡ってしまった。

公爵の命を狙ったシャルロットは本来ならば死罪になるところだ。それが第二王子のエルネストと結婚していたことで準王族として扱われ、家族ともども身分を剝奪される程度で赦された。だが、そのエルネストが王の実子ではないと書かれていたのだから、騒ぎになるのも無理はない。

ブリアン夫人の本が売れれば売れるほど、シャルロットの罪も広く人々の間に広まっていった。

夫人の本はベストセラーになり、シャルロットはどこにいても白い目で見られ、石を投げられるような暮らしをしていると人づてに聞いた。

シャルロットの姉であるカトリーヌもずいぶん嫌な思いをしたのだろう。

「時間があるなら、一緒にお茶でもいかが？」

ブリアン夫人が誘う。マリーヌとフランシーヌは目を輝かせた。

「カトリーヌとももっと話したいでしょう？」

という夫人の言葉に甘えて、アランの店に入ることにした。

イート・インコーナーに落ち着くと、カトリーヌはまず、シャルロットのしたことについて、改めて詫びたが、カトリーヌ自身の罪ではないので、もともとカトリーヌを責める気持ちはなかった。

むしろ心配していた。従姉妹なのだから、当然だ。

その後は、ブリアン夫人に出会うまでの苦労話を聞いた。と言うか、バラボー子爵家にいたころからの苦労話だった。

「最後のほう、うちって本当に貧乏で、爵位なんてあってもなくても同じじゃないかと思うくらいで……」

使用人を置く余裕もなくなっていたので、家の中のことはカトリーヌがほとんどやっていたという。おかげで家事のスキルがめちゃくちゃ上がったのだと、そこは少し誇らしそうに語る。

ブリアン夫人も満足そうに微笑む。

「その点は、儲けものでした」

掃除、炊事、お茶の支度、何をやらせても実に上手くこなすという。

「特に裁縫の腕が素晴らしいわね。いずこの国で言うところの『オタク文化』にも通じるとかで、どんなドレスも自分で縫ってしまうんですからね。なんとかっていう……」

なぜかここでマリーヌとフランシーヌが強く反応する。

「それって、『こすぷれ』のことですか?」

「もしかして、『アルムガルトの薔薇』に出てくるみたいなドレスも縫えるの?」

口々にブリアン夫人とカトリーヌに聞き始める。

「アルムガルトの薔薇がどうかしたの?」

イマイチ話が見えず、アンジェリクは言葉を挟んだ。

「お芝居の題名よ。『アルムガルトの薔薇』は学園でもすごく流行ってるの。ちょっと前まで王立劇場で演(や)ってたから、もう少し早く来ていたら、お姉様も観られたのに……」

「原作も素晴らしいの! 作者は……」

「私ね」

ブリアン夫人がにっこりと笑い、マリーヌとフランシーヌの顔がぱっと輝く。

ブリアン夫人の『ロマンス・シリーズ』の中でも、異国を舞台にした作品のいくつかはお芝居にもなり、若い女性たちの間でかなりの人気を博しているらしい。

「すみません。勉強不足で……」

アンジェリクは申し訳ないような気持ちで頭を下げた。

「いいのよ」

夫人が笑う。

「あなたは今、他にやることがたくさんあるんだから、気にしないでちょうだい。最近の私のお話は、若い女の子たちが気楽に楽しめる軽いものばかりだし……」

「でも、先生のお話には、いつもちゃんと大事なことが書かれているのよ」

フランシーヌが頬を赤くして言った。

「時間が出来たら、お姉様も是非、読んでみてね」

「ええ」

それからもマリーヌとフランシーヌ、カトリーヌの三人は、ロマンス小説の話で盛り上がっていた。アランの店の焼き菓子にも大興奮して「何回食べても美味しいわねぇ」とキャッキャと笑い合っている。

その姿をぼーっと眺めるアンジェリクを、ブリアン夫人がおかしそうに笑ってチラリと見た。

「あなたは相変わらず甘いものより、お肉派なのね。ロマンス小説よりも、お仕事のほうが楽しいのかしら」

答えに詰まっていると「それでいいのよ」と夫人が微笑む。

「あなたは、領主。嫁いだ今も領主であることに変わりはないんでしょう？　だったら、領民一人ひとりのことを一番に考えなさい」

「はい」

殊勝に頷く。「でも、先生の本もきっと読ませていただきます」と続ける。

「無理はしないのよ」

夫人がからからと明るく笑う。黒い瞳が黒曜石のようにキラキラと光っていた。


屋敷に戻り、家族そろっての晩餐(ばんさん)を済ませると、セルジュと二人で離れに向かった。

「面接はどうだった?」

「とりあえず、四人とも働いてもらうことになったよ」

「四人? 三人じゃなかった?」

「ダニエルからは三人って聞いてたんだけど、ボルテール家の門の前に行ったら、四人待ってたんだ」

ドノン家からの三人に、通りかかった一人が合流したという。

「今からここでドラゴン使いの面接があるって聞いて、ダメもとで待っていたらしい」

「そんな、全然素性がわからない人を雇って大丈夫なの?」

「うーん、一生懸命やってくれそうだったし……。紹介状がないという点では、他の三人も同じだし……」

「それはそうだけど……」

紹介状はなくても、他の三人はダニエルの元同僚であることはわかっている。どこの誰ともわからない人とは、だいぶ話が違うのではないか。

しかしセルジュは「大丈夫だよ」と言ってにこにこ笑っている。

ちょっと呆れるが、セルジュが大丈夫だと言うのなら大丈夫なのかもしれない。この人は人を探してくるのが上手なのだ。

「バルトが大変になるかもしれないけど、まとめてブールで修業を積んでもらおうと思う」

「わかったわ」

みんな残ってくれて、王都の発着所を任せられるようになれば、ずいぶん助かる。

3 『穀物新聞社』のカジミール・サン氏

翌日は第二地区にある『穀物新聞社』を訪ねた。

正面玄関から入り、カウンターに控えていた受付嬢の案内で応接室に足を踏み入れた。代表を務めるカジミール・サン氏が立ち上がって握手を求めてくる。

「ようこそ、おいでくださいました」

歳は三十代後半くらい。背が高く痩せていて、ピタッと整えた黒髪と片眼鏡の奥の緑色の鋭い目、髪と同じくきっちり整えた左右対称の黒く細長い口髭が印象的な人である。

簡単なあいさつを交わした後、カジミールが言った。

「テニエ街道が封鎖されていた期間、我々の『週刊穀物新聞』を、あなたがたのドラゴン便でヴィニョアに届けていただきました。今回、再び、我が社の新聞をドラゴン便で運んでいただきたく、ご連絡しました」

てっきりドラゴン便についての取材を受けるのかと思っていたアンジェリクたちは、ちょっと返事に遅れた。セルジュが口を開く。

「いつでしょうか」

カジミールが首を振る。

「いつ、ということではないのです。ずっとです」

「ずっと？」

テニエ街道の封鎖時、王の要請で臨時便としてドラゴン便が飛ぶようになった。王都に運び込まれる荷物と同様、王都から北部に運ぶ荷物も引き受けていたのだが、その中に『週刊穀物新聞』も含まれていた。その時のドラゴンたちの仕事ぶりを、カジミールは大いに気に入ったらしい。

「王都に本社を置く新聞社のうち、主なものは、歴史ある我が『穀物新聞社』と新興の『アルカン・ニュース社』、『王都ジャーナル社』の三社です」

「はい」

どこも有名な新聞社だ。

「この三社は日刊の王都版と週刊の全国版を出しています。『アルカン・ニュース社』と『王都ジャーナル社』が、我が社のやり方を真似たかたちですね。王都では我が『穀物新聞社』の『日刊穀物新聞』がいまだに一番人気を誇っています。しかし、地方に行くと、新興の二社も徐々に売り上げを伸ばしているのです」

そうなのか、とセルジュと二人、興味深くカジミールの話を聞く。

「昨年、落石事故でテニエ街道が封鎖されていた期間、我が社はいち早くあなたがたの事業に着目し、他の二社が北部への販売を停止する中、販売を続けました。その甲斐あって、北部でのシェアは大きく回復しました」

「お役に立てて光栄です」

セルジュが答える。カジミールはわずかに口の端を上げ「ドラゴンのスピードは素晴らしい」と呟いた。両手の指をまっすぐにしたまま組み合わせ、うっとりと目を閉じて何度か頷く。

「これまで王都より一週間遅れて発売されていた全国版が、ヴィニョアでは翌日、他の地区でも二日後には売られていた。驚くべきことです」

その速さもシェアの拡大に貢献したという。

「あの出来事をきっかけに、私は、地方への新聞輸送をドラゴン便に切り替えたいと考えるようになりました」

カジミールの話を聞くうちに心臓がドキドキし始めた。

街道封鎖時に穀物新聞社から支払われた輸送費の額を思い浮かべる。あの金額が毎週定期的に入ってくるならどれほど助かるだろう。

臨時便と定期便では価格は多少変わるだろう。どの程度までなら値引き交渉に応じられるか、頭の中で素早く計算した。木箱ひとつ当たりの金額と稼働率からザッと割り出し、二割程度なら値段を下げても採算が取れるだろうと踏んだ。

しかも、王都からの復路の木箱を埋めてくれる。王都に運び込まれる荷物の多さに比べて、地方に運ぶ復路の木箱はいつもスカスカなのだ。

いずれにしても、大きな仕事であることは間違いない。

（この仕事を請け負うことができたら、ブール・ヴィニョア便は復路でもかなりの利益を出せるわ）

皮算用の域を出ないことは承知で、一割程度の値引きに抑えられたら、かなり……、などと考える。北部への輸送が順調なら、ワロキエへの輸送も請け負うことができるかもしれない。

そうなれば、さらに……。

だが、続くカジミールの言葉に、アンジェリクの皮算用は早くも狂い始めた。

「ドラゴン便で、国中全ての地区に『週刊穀物新聞』を運んでいただきたいのです。一斉に」

「一斉に……？」

セルジュが呟き、アンジェリクを振り向いた。カジミールが続ける。

「そう。国中の全ての地区に、一斉に、です。全国一斉に同じものを届けたいのです」

「願ってもないお話なのですが……」

答えたのはセルジュだ。

「我々のドラゴン便は、今はまだ、ヴィニョアとワロキエにしかルートがありません」

だが、カジミールはにやりと笑ってこう言った。

「とある筋から、ルフォールとバルテにも発着所を作る予定だと聞きました」

「え……」

（いったいどこで……）

父たちの教えもあり、事業計画については時期が来るまで人に話さないようにしている。

だが、使用人を通して情報を入手する輩もいる。新聞社をやっているくらいなのだから、ツテはいくらでもあるのだろう。

「とある筋って、どんな筋ですか？」

アンジェリクはしれっと聞いてみた。

「それは言えません」

カジミールは言い、「ただ」と続けた。

「何気ない会話から真実を探り出す人間がいることは、覚えておいてください。特に使用人の耳と口には用心したほうがいい。悪気はなくても、大事なヒントを外に漏らすことがありますからね」

「おっしゃる通りですわ」

頭の中で一人の男を思い浮かべた。

複数の侍女やメイドに近づいて、モンタン家やバルニエ家の情報を集めていた悪い男が過去にいたのだ。パトリック・ピカールとかいう男だ。

「あなたがたがルフォールとバルテに発着地を作る予定であるということを前提に、私は今回のお話を思いつきました。最初に確認したのですが、それについては間違いないでしょうか？」

セルジュもアンジェリクも答えなかったが、カジミールは構わず続ける。

「あなたがたは、そのことを公にしていません。是非、今後もその件は伏せておいていただきたいのです」

「なぜですか？」

アンジェリクの問いに「理由は後ほど」と断り、「それよりも、まず」とカジミールは言う。

「もし、今回の申し出を受けていただけるなら、私たちは、先日お支払いしたのと同じ額を、この先もずっとあなたがたにお支払いします」

「今、なんて？」

「前回の臨時便でお支払いしたのと同じ金額で、全ての新聞輸送をお願いしたいと申し上げました」

「え、でも、あれは臨時便の特別価格で……」

「馬車便の二倍近い額ですよ？」

セルジュと二人、思わず聞き返してしまった。

だが、カジミールは「それでも安いでしょう」と言った。

「ドラゴン便は他に類のない事業です。逆に、どうしてあんなに良心的な価格なのかと問いたいくらいです。もっとぼったくったっていいでしょうに……」

「それは……」

ドラゴン便を始める際に二人でよくよく考えた。その上で、今の価格に決めた。だが、カジミールが求めているのは、そんな経緯を長々と聞くことではないだろう。

それよりも……。

「本当に、その金額で受注させていただけるんですか」

「ええ。ただし、条件があります」

条件……。

「一つは、先ほど申し上げた通り、ドラゴン便のルートがルフォールとバルテに広がる予定であることを、当分の間、伏せておいていただきたいということです」

「当分の間とは、いつまでですか？」

「その件をお伝えする前に、これからお話しすることに、あなた方が応じられるかどうかを確認したいのですが……」

セルジュとアンジェリクは黙って話の続きを待った。

「先ほどもお話しした通り、私は全国版の『週刊穀物新聞』を、王都と同じタイミングで各地方に並べたいと考えています。そうすることで他の二社と大きく差別化できますからね。しかし、ドラゴンが国中に荷物を届けるとわかれば、他の二社も同じことを考えるかもしれません」

「私たちにとっては、チャンスが増えるということですね」

すかさず口を挟んだアンジェリクに、カジミールはわずかに目を見開き、ゆっくり頷いた。

「なるほど。噂通り、頭の回転の速いご令嬢だ」

「新聞輸送の形は、いずれそうなるのでしょう？」

「その通りです。よくわかっておられる」

新聞というものの持つ性質とドラゴンのスピードは相性がいい。遠くない将来、新聞輸送の大半はドラゴン便に移行するだろうと、カジミールの話を聞きながら、アンジェリクは思った。

「公爵令嬢、いいえ、ボルテール伯爵夫人、あなたの考えは正しい。しかし、新聞輸送の全てがドラゴン便に切り替わるのは、早くても二年後です」

「二年後？　なぜですか」

「大手の荷馬車組合の契約更新が、この春にあるからです」

モンタン家やバルニエ家のような独自の流通ルートを持たない事業組織の多くは、いくつかある荷馬車組合のどこかに加入し、輸送に関する契約を結んでいる。近隣の領地から運ばれる野菜や小麦やミルク、遠方から運ばれる特産品や輸入品などは、たいていのものは組合の荷馬車が運んでくるのだという。

「王都からは古着や廃品類なんかも運ばれています。そして、新聞も」

「自分たちの荷馬車を使うよりも経済的だということですか」

アンジェリクが聞いた。

「たまに運ぶだけの荷なら、自分で荷馬車を出すほうが安上がりでしょうね。あとは、あなたがたのお父上たちのように、独自の流通ルートを持っている大貴族には必要ないと思います」

「それ以外の場合は、組合に入った方がいいということですね」

「そういうことです」

カジミールは頷いた。

「定期的に往来する荷馬車には、通行税の割引がある郡が多いのです。大きな組合になると、各街道の整備費の一部を負担しています。そして、かわりにその街道上にある全ての郡の通行税を、負担割合に応じて免除されるんです」

「バルニエ家からの出資を受けている『穀物新聞社』でも、荷馬車組合に加入したほうがいいということですか？」

セルジュが聞いた。

「出資を受けているだけで、経営は別ですから」

また、たとえ公爵家でも、国中に領地があるわけではない。他の貴族が治める領地を通るためには通行税がかかる。全国に荷物を届ける場合は、やはり大手の荷馬車組合に加入するほうが得なのだとカジミールは説明した。

「加入しなくても組合の荷馬車は使えますが、料金の割引きはありません。一部の地域だけ組合の荷馬車で運ぶ場合も、その荷馬車の料金は通常料金になります」

また、組合に加入した場合、一つの事業で扱う荷は全て組合の荷馬車で運ぶという契約を結ぶのだという。

「都合のいいところだけ割引価格で運んでもらうことはできないんです」

アンジェリクは頷いた。街道の整備費も負担するのなら、そのくらいの条件は必要かもしれない。

「契約の更新は、一斉に行うんですか?」

「ええ」

二年に一度、春に行うという。

「ほぼ一斉に行います。定期的に行き来する組合の荷馬車は数が決まっています。あらかじめ一定の枠が設けられていて、特に何もなければ、同じ組合と契約の更新をすることがほとんどです」

新しい荷馬車が用意されれば、新規の申し込みも受け付けるらしい。

「二年間、安定して荷物を依頼することを条件に割引価格を設定していますので、一度契約を結ぶと、途中でやめることはできません。契約を解除するためには、莫大な違約金を支払うことになります」

それまでの荷の割引分の返還とその利息の支払いも上乗せされるという。

(厳しいのね……)

眉根を寄せていると、セルジュが聞いた。

「今回のお話をお受けできなかった場合、次に僕たちがチャンスをもらえるのは二年後ということでしょうか？」

「いいえ」

カジミールはゆっくりと首を横に振った。

「二年後、同じ条件でお願いできるとは思いません」

「どうしてですか……」

「ドラゴン便を使った輸送は、新聞の在り方を根こそぎ変えます。これまで全国紙に載せたくてもできなかった記事を載せることができる。地方に届く頃には鮮度を失くしてしまうような解決直後の事件の速報や、開催期間の限られた催しの情報などです。フクロウ便を併用すれば、地方で起きた出来事を全国に共有することができるかもしれないし、王宮から出された文書を取り扱う機会も生まれるかもしれません。国中に、ほぼ同時に、早く届くということは、新聞の内容そのものを変えるんです」

カジミールは片眼鏡の奥の目をらんらんと輝かせて話し続けた。

「ドラゴン便を使った新聞輸送によって、わが社は他の二社を大きく引き離すことができると私は考えました。しかし、それはあくまで、まだドラゴン便が始まったばかりの、今の状況でのお話です。二年後には、他の二社も同じことを考えているかもしれません」

その場合、『穀物新聞社』は他の二社と手を結び、輸送費の引き下げを要求することになるだろうとカジミールは言った。

「その値引き交渉を、今、しないのはなぜですか」

臨時便と同じ額、馬車便の二倍近い破格の値段で依頼してくれるという。値引きするなら、そこから少し引けばいいではないかと思いたくなる。

だが、カジミールは「先ほども言いました」とすましきった顔で答えた。

「ドラゴン便で新聞を運ぶことには、それだけの価値があるからです。わが『穀物新聞社』だけが先駆けて導入し、新聞そのものの内容を変えた場合、他社より値段が高くても売れると考えています。明らかな差別化によって、新聞の販売価格を上げることができるのです」

「買う側にとっては、あまりよくないことですね」

「そうでしょうか。王都と同じ記事が、同じタイミングで読めるのですよ？　記事の内容そのものもよくなる。買う側にとっても、今までの商品とは比べ物にならないくらいの価値があるのではないでしょうか。値段が上がるのは当然です。それに、輸送費が二倍になっても、値上げ額はせいぜい一割程度です。価格に不満があれば、買ってもらえないというだけのことです」

一度言葉を切って、フッと笑う。

「私なら、高くても最新の記事が書かれた新聞を買いますけどね」

「確かに……」

セルジュが頷く。アンジェリクも納得した。

（カジミールの言う通りだわ）

ワロキエのミルクと同じことだ。その価値があると認められれば、高くても売れる。

「その値段が受け入れられた後は、二年後に他社が参入しても同じ価格で売ることができます」

新聞業界全体の利益にもなり、内容もよくなると続ける。

「そして、その時、あなたたちが受け取る輸送費は、今回、私が提示したものと同じ額になるでしょう。しかし、三社が同時に導入した場合は、販売価格を上げるのは難しくなります。ですから、この話は今しかできないのです」

アンジェリクは唸った。

カジミールの話は理に適っている。

「いかがでしょう。春までに、ルフォールとバルテに、ドラゴン便の発着所を作って、このお話を受けていただけますか」

受けられるものなら、受けたい。だが、本当にやれるだろうか。

資金繰りも人員の確保も一から考え直さなくてはならない。仮になんとかなったとしても、ギリギリの体制になるのは目に見えている。

「考える時間をください」

セルジュが言った。カジミールは「申し訳ないのですが、あまり長くは待てません」と答えた。

「いつまでに返事をすればよろしいですか」

「契約の更新をしない場合、二月の初めに申し出ることになっています。組合としても、空いた枠に募集をかける必要がありますから」

できれば今月末までに返事が欲しいとカジミールは言った。

「更新は四月に行います。契約の満了は三月末です。四月の初めに全国四か所の運航を開始できるのなら、先ほどの条件で、全ての『週刊穀物新聞』を『ボルテール・ドラゴン便商会』に委託します」

「四月の初め……」

はっきり言って、かなり厳しい。

セルジュが確認する。

「二つの条件とは、ドラゴン便のルートがルフォールとバルテに広がる予定であることを、他の二社が契約の更新を済ませるまでの間、内密にし、なおかつ、四月の初めにその二つの便を運航させるということで、間違いありませんか」

「ええ」

「それと、先ほど、二年後は、他の二社も新しい価格で新聞を売ることができるとおっしゃいましたが、二年後に、僕たちは彼らと契約を結んでも構わないのですか？」

「もちろんです。私たちは、市場を独占したいわけではありません。健全な競争がなくなれば、新聞そのものがつまらなくなる。その時は他の二社も紙面を一新すればいい。ただし、今回のこのアイディアは私のものです。向こう二年間くらい、有利に事業を展開し、地方のシェアを伸ばしてもバチは当たらないと思いますが、いかがでしょうか？」

「おっしゃる通りです」

頭のいい人だ。

これだけのことを考えた上で提案してくれたのなら、なんとか前向きに検討したい。それに、実現さえ可能なら、アンジェリクたちにとってもまたとない素晴らしい提案である。最初から無理だと諦めるのは惜しい。

セルジュと顔を見合わせ、頷く。

「今月末までに、必ずお返事させていただきます」

4　ルフォール便とバルテ便

モンタン公爵家へと戻る馬車の中で、『穀物新聞社』の条件に応えることができるどうかを、さっそくセルジュと話し合った。

「どっちにしても、いったんブールに戻って、エリクやジャンたちと相談しよう」

「そうね」

人員の配置はどう考えてもギリギリだ。発着所を作ってやっていけるかどうか、みんなの意見を聞いたほうがいい。

「ポリーヌに頼んで、金曜日の便で私もブールに帰るわ」

次のブール・ヴィニョア便の到着は明日だが、通常の荷物量なので、飛んでくるのはラッセ一匹だけだ。エリクとセルジュの他にアンジェリクとララと小さな子どもたちが乗るにはシートが足りない。

今日の昼過ぎに到着している新年最初のワロキエ便は、ブランカとオニキスの二匹が飛んで来ている。復路の荷物はオニキスだけで運べるので、ブランカにブールを回ってもらうのがいいだろうと考えた。

「ポリーヌにも会議に参加してもらえるし、まっすぐブールに行ければ、ヴィニョアに寄って荷物を降ろすのを待たなくていいわ。ララやルーたちもそのほうが疲れないと思うの」

「そうだね。じゃあ、僕は今からボルテール家に行って、コスティとポリーヌに話をしてくるよ」

途中でセルジュを降ろしてモンタン家に向かう。

馬車を降りると、ちょうど王宮での会議を終えて帰宅したばかりの父とバルニエ公爵がホールでフレデリクに出向かえられていた。

「お嬢様、お帰りなさいませ」

「おお、アンジェリクも戻ったのか。おかえり」

「カジミールは何と言っていた？」

バルニエ公爵に聞かれたが、軽く笑ってスルーする。

「お父様たちもお疲れ様」

侍女にコートを預けながら、父たちに「ちょっと急なんだけど、私、明後日の便でセルジュと一緒にブールに帰ることにしたわ」と伝える。

「なんだって？」

「王都には火曜日まで滞在する予定ではなかったのか」

バルニエ公爵と父が驚く。

「ちょっと予定が変わったの」

二人は顔を見合わせ、すぐにアンジェリクを見た。

「ルーちゃんは？」

「連れて帰るわよ」

「えー！」

めちゃくちゃ不満そうな顔になり「なんで」、「急すぎる」とひとしきり文句を言う。バルニエ公爵が「次はいつ王都に……」と聞いた。

「たぶん、月末に……」

アンジェリクが答え終わる前に「それなら、月末までルーちゃんを我が家で預かろう！」と父が食い気味に言葉をかぶせてくる。

「心配するな。ちゃんと私たちが面倒を見る。な、フェリクス！」

「ああ。任せておくれ。アンジェリク」

ピカピカの笑顔で胸を張る二人に「ありがとう」と微笑み、「でも、ララの旦那様もブールで待っているし、やっぱり今回は一緒に帰るわ」と言った。

バルニエ公爵と父はしょぼんと肩を落とした。

「そうか、乳母殿……」

「確か、彼女の夫はドラゴン便の地上係員になったのだったな……」

ララの夫のダニエルが慣れないブールで頑張っていることは二人もうっすら知っている。いつまでも彼の妻と娘を王都に引き留めておくわけにいかないことを理解したようだ。

「じゃあ、月末に、またルーちゃんを……」

「あ、それもちょっと無理かも。しばらくの間、私たち、忙しくなりそうなの」

「なんだと。そんなこと言って、おまえはいつだって忙しいではないか」

口を尖らせる父に、あなたに言われたくないわと心の中で苦笑した。父たちのほうが、よほど忙しいはずなのだ。

「お父様たちも、のんびりルーと遊んでいる暇はないんじゃなくて？」

二人はさっと目を逸らした。

「王宮のお仕事や領地のこともちゃんとやってくださいね」

「ちゃんとやっておる。なあ、フェリクス」

「も、もちろんだとも。今日だって頑張った……、そうだな、コルラード」

もごもごと何か言っていたが、急に開き直ったように顔を上げて「「だって、孫は可愛いんだもん！」」と叫んだ。

はいはい、そうですね。

乾いた笑いとともに二人を眺め、「とにかく、金曜日に帰ります」と再度宣言した。

「アンジェリク、おまえたちは何をそんなに急いでいるんだ」

「カジミールに何か言われたのか」

「え……」

「予定を変えてまでブールに戻るのは、何か問題でも起きたからか？」

心配そうに聞かれて「ええと……」と言葉に詰まる。

「力になれることがあれば何でも言ってくれ」

真摯に言葉をかけてくれる二人に、この人たちに相談出来たらどんなにか心強いのだけれど、と思う。

だが、今回のことはまだ言わないでおこうと、セルジュと決めていた。

「大丈夫よ。問題が起きたわけじゃないの。ただ、ちょっとね」

たとえ父たちにでも、新聞を全国に運ぶためにルフォール便とバルテ便を前倒しで整備することは秘密にしておく。

カジミールとの約束を確実に守るために、そうしようと決めた。

「ちょっと、とは？」

「いったい何があった」

「ちょっとはちょっとよ……。たいしたことじゃないの」

父たちの口の堅さは知っている。だが、それとこれとは話が別なのだ。万が一にも漏洩があればカジミールの考えた計画が台無しになる。

アンジェリクたちはチャンスと信用を失う。

「いろいろあるのよ。いろいろ……」

どこか釈然としない顔をする父たちに、もう一度「大丈夫よ」と笑う。

「ララにも言って、帰る準備をしてもらわなくちゃ。お父様たちもルーのところに行くでしょ？」

「あ、ああ」

「もちろんだ」

子ども部屋に向かいながら、父たちはもう一度「何かあったら、私たちに言うんだよ」と心配そうに繰り返した。

◇　◇　◇

「ルフォール便とバルテ便を、前倒しで始めるんですか」

エリクが目を丸くする。

ブール城の一角にある『ボルテール・ドラゴン便商会』の事務所に集まったのは、ジャンとエリク、ポリーヌ、ギー、バルト、ユーグ、それにセルジュとアンジェリクの八人だ。

「まだ内密の話なんだけど、王都からの新聞輸送を請け負えることになりそうなんだ。その条件として、国の四か所に発着地を置くことを求められた」

「いつまでに……」

「四月だ。三月の終わりまでには確実に運航できる状態にしなくてはならない」

「四月……」

みんなが顔を見合わせる。

「どうかな」

セルジュが聞く。六人のスタッフたちは「どうだろう」「できるか」と互いに探り合っている。

アンジェリクも口を開いた。

「新しい人たちは、慣れてくれそう？」

「そっちは、わりといい感じです」

今はドラゴンたちに夕方の食事を与える時間だが、エマと王国軍の三人、ダニエルをはじめとした新人六人が世話をしている。

年末から年始にかけて働き始めた六人は、今のところ辞める気配はないらしい。バルトが指導を始めて数日たったが、特に問題なく働いているという。

「いい感じなの？」

「はい。バルトが教えるようになってから、がぜん、動きがよくなりました」

「え。僕が教えていた時より？」

「「はい」」

ジャンとエリクが同時に頷く。

アンジェリクとセルジュはバルトを見た。相変わらずむっつりとした顔で黙り込んでいる。

ジャン曰く、バルトの教え方は、とにかくやって見せて、ただ一言「やれ」と言うだけのシンプルなものらしい。

「使用人出身の者には、あのくらいのほうがいいんですよ」

「そ、そうなのかい？」

ちょっと動揺するセルジュだ。

「旦那様の教え方も悪くはないんですが……」

なにしろドラゴン愛が強すぎて、うんちく語りが長い。ズバリとジャンに指摘され、セルジュは「うっ」と胸を押さえた。

ポンコツ発言に続いて、けっこう深くグサッと胸に刺さるものがあったようだ。

「私は、旦那様に教えていただいて、すごく勉強になりました」

ポリーヌがフォローする。

（あなたはセルジュと同じくらいのドラゴンオタクですものね）

アンジェリクは心の中で乾いた笑みを浮かべた。

ドラゴンに魅せられた者には、熱のあるセルジュの教えが面白くありがたいのだろうが、求人広告を見て応募してきた最近の新人にはやや熱すぎるらしい。

「ドラゴン使いもたくさんある仕事の一つだと思って応募してきてますからね」

ジャンが言い、エリクも「彼らにとっては、ドラゴンの世話はただの仕事なんですよ」と続ける。

ちょっとばかり危険で大変だけれど給料がいいから頑張れる、そんな感じの「仕事」なのだと。

だから、バルトくらいの教え方のほうが合っているのだと言う。

「ドラゴンの近くで働くのが平気なくらいだから、肝は据わっているのでしょうが、それでも、基本はやるべきことをやって見せて、同じようにやれって言うくらいでいいんです」

「ふ、ふうん……」

なんだかへこんでいるセルジュは脇に置いておく。

「じゃあ、みんな残ってくれそうなの？」

アンジェリクの問いに「今のところ、大丈夫そうです」とジャンが答え、エリクも笑顔で頷いた。

「だったら、新しい発着所を始めてもやっていけるかしら」

「そうですね……」

ジャンとエリクは少し考えていたが「我々としては、対応していけると思います」と言い、揃って首を縦に振った。

「本当かい？」

「はい」

「ただ、エミールが何て言うでしょうね」

エリクが苦笑した。

「ワロキエの仕事が終わったら、やっと一休みできるって喜んでましたから」

「あー……、エミールか……」

拳を口元に当ててセルジュが考え込む。

去年、王宮からの要請を受けて急遽ドラゴン便を始めることになって以来、エミールには無茶ぶりをかまし続けている。

王宮からの補助もあって資金は潤沢（じゅんたく）だったとはいえ、臨時便開始のための発着所の整備と厩舎の手配を一人で指揮し、それが終わるとワロキエの発着所の整備も押し付けられ……、もとい、任されていた。

そろそろ本業の執事に戻って落ち着いた日々を送りたいのではないかと、誰もが気にかけている。

だが、セルジュはすぐに顔を上げ、にっこり笑ってこう言った。

「大丈夫。エミールなら、きっとやってくれるよ」

みんなの目がセルジュに向き、続いてサッと逸らされた。その瞳には「アナタハホントニヒトヅカイガアライデスヨネ」と言いたげな光が弱々しく瞬いている。

（エミールには気の毒だけど、なんとかやれそうかしら）

もし、本当に『穀物新聞社』の仕事を受けることができれば、向こう二年間、安定した収入が得られる。

ルフォールとバルテにはどのみち発着地を作る予定だった。発着地ができれば、そこでまた仕事を請け負うことができるだろう。

大変なことは確かだが、悪いことばかりではない。むしろいいことの方が多い。

（頑張る価値はあるわ）

頑張って利益を上げたら、みんなには特別手当を出したい。特にエミールには盛大な特別手当が必要だ。

「とにかく、やってみよう」

セルジュが言い、みんなが頷く。

「じゃあ、さっそくだけど、ルフォール便とバルテ便の人員計画を話し合おうか」

以前から考えていた通り、ルフォールはエリクが担当し、バルテをジャンに任せることになった。

彼らなら、たいていのことを自分で判断できる。発着所の立ち上げを一から任せても安心だ。

ドラゴンも、前々から予定していた通り、ラッセとサリが選ばれた。

ラッセはエリクが、サリはジャンがずっと世話をしている。そのまま連れて行くのが一番いいだろうということで、なんの異論も出なかった。

ドラゴンは賢い生き物だが、誰の言うことでも聞くわけではない。ドラゴン使いとの絆は、とても大事だ。絆が強いに越したことはないのである。

「ブール・ヴィニョア便はコスティに任せようと思う」

コスティ・ソリヤはまだ完全に周囲に馴染んだとは言いにくいが、ドラゴンの扱いについては一流だ。オニキスとの絆も申し分ない。

「いいと思います」

みんなが頷く。

「ワロキエ便はどうしますか」

ポリーヌの顔をチラリと見てから、ジャンが聞いた。

「引き続きポリーヌに任せようと思う」

セルジュが答えた。

「エマを補助につけようと思うけど、それで大丈夫かな」

「はい」

ポリーヌはやや緊張した顔で頷いた。

次に地上係員について話し合った。ルフォールとバルテには以前からいるベテラン勢四人を二組に分けて配置することにした。

「ワロキエの地上係員はどうしますか？」

「王国軍出身の三人に頼もうと思う」

「十七歳の小娘の下で、やってくれるでしょうか」

元スーパーエリートの三人が、とジャンが心配する。セルジュはにっこり笑ってこう答えた。

「彼らはポリーヌの仕事ぶりを見てドラゴン使いになった者たちだ。今もポリーヌをリスペクトしている。優秀だし、紳士的だし、仕事は確実だ。きっと力になってくれるよ」

ブールにはバルトが残り、新人を指導しながら業務に当たることになった。

「新人組が仕事を覚えたら、また配置を考えよう」

ルフォールとバルテからの便を始めるに当たって、王都の発着所にも準備が必要だ。到着する便が重なると、厩舎の数も地上係員の数も今のままでは足りなくなる。

「ブール・ヴィニョア便とワロキエ便は、今のところ週に二便飛んでるけど、ルフォール便とバルテ便を始める場合、落ち着くまでの間は、週に一便に調整したほうがいいかもしれないな」

セルジュの言葉に続いて、みんながそれぞれ意見を言う。

「でも、委託される荷物も増えていますし、ワロキエのミルクもまた運べそうなんですよね」

「ワロキエ便はいずれ週に二便に戻したいですよね」

「でも、まずは四つのルートを軌道に乗せるのが先だし……」

将来的に増便することになるだろうが、その時はまたドラゴンとライダーの配置を考えようということで落ち着いた。

「ポリーヌ、しばらくエマも一緒に飛んで、ブランカに乗れるように訓練を続けておいてくれ」

「わかりました」

エマはすでに初期の飛行訓練を終えていた。単独でサリに乗ってヴィニョアまで往復してきたところだ。望んでライダーになっただけあって、特に心配な点はないという。

「四月になれば、ボアとビビも一歳になる」

「新しい鞍も届きますね」

セルジュとアンジェリクが選んだ王都の馬具商が、ジャンたちと連絡を取り合って二匹の鞍を作ってくれている。前回のアヤシイ店とは違い、時間はかかっているが、その分安心できる。

「エリクとジャンとバルトは、ブールのメンバーに今の話を伝えてくれ。ワロキエのみんなにはポリーヌが」

「「はい」」

いくつかの声が揃う。

「僕たちは、明日からさっそくルフォールとバルテに視察に行ってくる」

発着地の場所を決め、どんな荷を取り扱うことができるか確認してこなければ。

（本当は、発着地のまわりの人たちにも、早めに説明したほうがいいんだけど……）

今回はカジミールとの約束があるので、ドラゴン便就航について話せるのは一カ月ほど先だ。ひとまず、新たな領主としての挨拶回りという形で視察に向かうことにした。

「最初に言ったように、新聞輸送の話とバルテ、ルフォール便の話はまだ内密にしておかなければならない。くれぐれも、時期がくるまでは外に漏らさないようにしてくれ」

もう一度念を押して、会議は終了した。

みんなが厩舎に戻っていくのを見送りながら、「また、視察ね」とセルジュと話す。

資金繰りのことも考えなければならない。蓄えはほとんどないので、残りの宝石を担保に入れて銀行からお金を借りるしかないのだが、はっきり言ってめちゃくちゃ不安である。

飢饉に備えた最低限の保険として残せる宝石も、もうわずかしかない。今回こそ、本当に最後の投資にしなくては。

(これで黒字が出せなかったら……)

考えると胃がキリキリと痛む。

国の四か所に発着地を置くドラゴン便の成功に全てを賭ける気持ちで挑むしかない。

ルフォール便については、ある程度、発着地の目途が立っている。扱う品物も、魚介類が中心になるだろう。

観光地として知られる郡都ルフォールから少し離れたエルーという漁港の近くにモンタン家の農場がある。果実の加工場や食塩を製造する施設、それらを貯蔵する倉庫などもある広い農場で、魚介類の市場も併設していた。規模としてはヴィニョアのサマン農場と同じくらいだ。

船や荷馬車と違って領地の一部として譲り受けたので、事業ごと土地を自由にできる。内陸側から降りることになるので、海の上を飛ぶこともない。魚を怖がらせる心配もなさそうだ。

「ルフォールは、大丈夫だと思うの。バルテのほうが、時間がかかりそうだし、ルフォールの視察を先に片付けましょうか」

「そうだね」

ドラゴンが休める場所があれば、セルジュとアンジェリクだけでラッセに乗って動き回れるのだが、しばらくの間は、エリクに「御者」の役目を頼むことになりそうだ。

「また留守にするから、ララにルーのことをお願いしておきましょう」

ドニとセロー夫人にも留守中のあれこれを頼まなくては。

後は、あらかじめフクロウ便を出して、ルフォールの屋敷とバルテの城に臨時の侍女を呼んでおいてもらわねばと考えを巡らせる。

モンタン家の公爵令嬢だった時には執事のフレデリクが一切取り仕切ってくれていたが、今は自分で全て手配しなければならない。

「セロー夫人かサラがドラゴンに乗れたらいいのに」

アンジェリクの小声の呟きに、近くを通りかかったサラがぎょっとした顔になり、ぶんぶんと大きく首を振った。

第二章

5　視察の旅①　―王都、ルフォール―

「じゃあ、行ってくるわね」

ブール城の本館前にドニとセロー夫人、そしてサラの三人が見送りに出ていた。

白い息と一緒に、「いってらっしゃいませ」と頭を下げる。

セルジュと並んで城の裏手の丘を登っていく。厩舎の奥ではエリクがすでにラッセの鞍に乗り、準備を整えていた。アンジェリクたちもその背に乗りこむ。

大きな扉がゆっくりと引き上げられ、朝日が厩舎内を照らす。

外に出ると、ラッセは一度、青く澄んだブールの空を見上げた。すぐに、スイっと、まるで鳥のような軽やかさで飛び立つ。

翼を軽く動かしただけで、大きな身体はふわりと雲の近くまで上昇していた。

いつ体験してもドラゴンの飛行能力には驚かされる。一種の魔力によるものだという説明に納得だ。『物語の土地（スイブール）』には『人間の土地（ホゼー）』世界にはない力が今も存在しているのだ。

神話の時代、物語の時代の力が。

キンキンに冷えた冬空の中を、風を切るように飛んでゆく。毛布をぐるぐる巻きにしていても鼻の先が凍えそうだった。

ぐっと歯を噛みしめて寒さを堪えるアンジェリクとは裏腹に、セルジュとエリクはキラキラ光る瞳でブールの大地を見下ろしている。

アンジェリクも身体を起こしてラッセの脇腹越しに下を見た。

霜の降りた大地が白く光っている。黒と銀灰色に沈んだ森を縫って、サマン川の青が緩く蛇行しながら伸びていた。

（綺麗……）

王都までは半日の距離だ。

今回の視察はルフォールとバルテの下見がメインだが、その前に、王都に寄ってカジミールに会うことにした。

返事は月末まででよいと言われたが、方針を決めた以上、先に伸ばす理由はない。

フクロウ便を出して、明日以降の都合のよい時間に会いたいと伝えてあった。返事を受け取るのは王都に到着してからだ。ボルテール邸に届けてくれるよう頼んである。

カジミールとの面会を終えたら、そのままルフォールに向かう。

発着所を作るには、順調に進んでも二カ月ほどかかる。ルフォールとバルテの工事を同時に進めるつもりだが、一日でも早く準備に取り掛かったほうがいい。

去年の臨時便では、あの賢君として知られているのに、たまにめちゃくちゃな要求を突きつけてくる王に二週間の準備期間しか与えられなかった。王の命令だったので人員や資金がじゃんじゃん投入され、なんとか間に合わせることができたけれど……。

貧乏伯爵家では、そんなことはできない。おサイフの中身と慎重に相談しながら、期限に間に合うように工事期間を算出しなければならない。

主に、エミールが……。

（エミール……）

エミールは本来、ボルテール家の執事だ。ずっと城の管理人をしていたことと、王都のアカデミアで建築を学んだことがあるという理由だけで、すっかり工事責任者としてセルジュにこき使われて……もとい、当てにされている。

臨時便開始とその後の日々、これからさらに続く数週間のことを思うと申し訳ない気もするが、エミールなしではどうにもならない。有能な執事にして優秀な工事責任者であるエミールに、ただただ心の中で感謝するばかりだ。

エミールにもみんなにもたくさんの負担をかける。けれど、ドラゴン便の今後のためにもこの事業は引き受けたほうがいい。

（きっと成功させるわ）

ドラゴンで輸送することで新聞の形は変わる。王都版と同じ記事を載せても中身が古くならない。これまで以上に役に立つ情報を多く載せることができる。

読む人にきっと喜ばれる。価格を上げても選んでもらえるだろうと、カジミールは言った。

『ドラゴン便で新聞を運ぶことには、それだけの価値があるからです』

カジミールの言葉は、ドラゴン便の価値を認めるものでもあった。

『価格に不満があれば、買ってもらえないというだけのことです。私なら、高くても最新の記事が書かれた新聞を買いますけどね』

よいもの、価値のあるものならば高くても売れる。価格を下げて競争するのではなく、その金額に見合う商品を提供し、その価値を判断してもらう。

それはとてもまっとうな考えだ。

資金繰りについては頭が痛いし、大好きなお肉も喉を通らなくなる日々がこの先も続きそうだが、どのみち、今の経済状況ではよい肉は買えない。切ないが、それが現実だ。

ドラゴン使いのみんなはやってくれると言った。

アンジェリクとセルジュも腹をくくるしかないのだ。


王都に到着したのは昼前だった。今回は移動が主な目的なので積み荷はほとんど積んでいない。

ブール近郊のアズール鉱山で採れた水晶と小麦を少し。水晶はドラゴンたちのおやつだ。王都にいる間も時々ご褒美にあげている。

小麦はアランから頼まれた。通常便で運んでもいいのだが、ブール城の倉庫にあるものなので、直接運んだほうが手間が省ける。

昇降装置の脇の梯子を使って地面に降りると、ボルテール邸の兵士や彼らの世話をする使用人をまとめている侍従が出迎えた。

「カジミールからの返事は届いているかしら」

「こちらに」

侍従が手紙を差し出す。アンジェリクはすぐに中身を確認した。

「明日の午前中に会ってくれるそうよ」

「了解」

後から降りてきたセルジュがにこりと笑う。

「僕は積み荷を降ろして、そのあと少しラッセの世話をしてから、モンタン家に行くよ。外は寒いし、きみは先に行ってて」

「ありがとう。そうするわ」

ブールほどではないが、一月の王都はまだ寒い。王国軍兵士の詰め所や使用人の部屋には、さすがに火が入っているのだろうが、普段、居住用として使っていないボルテール邸には、アンジェリクがすぐに休めるような暖かい部屋はなかった。

「アランのところにも小麦を届けていくよ。屋敷に着くのは夕方になると思う」

「わかったわ」

臨時便の運航を始めた時、王国軍の兵士やドラゴン使いの世話をするためにモンタン家とバルニエ家からメイドや侍従、馬車や御者まで派遣してもらった。そのまま借りっぱなしのメイドと御者に付き添われ、これまた借りっぱなしの馬車に乗って実家に向かう。

先ほどの侍従もそうだが、なにやらいろいろ借りっぱなしである。王都での人手や馬車についてもそろそろ考えなければいけない。

（今いる人たちがそのまま残ってくれれば一番ありがたいけど……）

父たちに相談し、本人たちの意向も聞き、条件を確認して正式にボルテール家の使用人として迎え入れたいと考える。

彼らは必要な人たちだ。ボルテール邸はドラゴン便の発着所でもあるけれど、同時にボルテール伯爵家の王都での住まいでもある。

だいたい、いつまでも実家の離れを王都の屋敷がわりにしているわけにはいかない。あの離れはモンタン公爵家の次期当主のために建てられたのだから、今はもう、フランシーヌのものであるはずなのだ。

屋敷に到着し、フレデリクに迎えられて家族用の居間に入る。

「お姉様！」

居間にはフランシーヌとその婚約者、アルカン王国の第三王子であるクロードがいた。

「どうしたの？　今度来るのは月末頃って聞いてたのに」

「急に寄ることになったの。すぐにまた出かけるけど」

フランシーヌの質問に軽く答えてから、久しぶりに顔を合わせる未来の義弟にカーテシーをする。

彼は王族なので、アンジェリクより身分が高い。

「お久しぶりでございます。殿下」

「堅苦しい挨拶はやめてください」

第三王子は笑い「アカデミアでの植物学のクラス以来ですね」と続けた。

アンジェリクがクロードに会ったのは三年ほど前のことだ。誰でも自由に学べるアカデミアで植物学の講義があり、身分を隠して聞きに行った。その際に、同じように質素な服に身を包んだ彼に声をかけられた。

その頃はまだ彼の兄、第二王子だったエルネストと婚約していた。クロードは未来の義姉をたまたま見かけて、律義に挨拶してくれたのだ。

当時のクロードはまだ十三歳だった。アルカン王国では社交界デビュー前の男女が顔を合わせる機会はほとんどないので、アカデミアでアンジェリクと彼が出会ったことは偶然だった。その偶然が、フランシーヌと彼との婚約のキッカケを作り、モンタン家にとってはこの上ない僥倖となったのだから、今となっては感謝しかない。

十一歳にしてミニ・アンジェリクと呼ばれ、なんならアンジェリク以上に頭の回転が速いかもしれないとまで噂されるモンタン公爵家の次期当主フランシーヌは、末っ子として甘やかされた上、その頭のよさも加わって、どんな男性なら上手くやっていけるだろうかと、まわりはひそかに心配していた。

だが、このクロードも賢さにかけてはフランシーヌに負けていない。さすがはあのマクシミリアン王の血を引く王子である。

モンタン公爵家の未来は明るい……。

そう思ったアンジェリクだが。二人の会話を聞いているうちに、これは婚約中の男女が交わす会話なのだろうかと大いに首をひねってしまった。

「植物学の教授から最近聞いた話では……」

クロードが言えば「その件については私にも言いたいことがあるわ」とフランシーヌが割って入る。

「シルクに比べると、モスリンは発色がイマイチなのよ」

「動物性の繊維と植物性の繊維の違いだよ。それよりも色落ちを防ぐために加える金属が……」

最近流行り始めたモスリンのプリント生地について、何やらあれこれ話しているようだ。熱心に説明を続けるクロードと、真面目な顔でそれを聞いているフランシーヌをしげしげと眺めた。

どうやら二人は、アンジェリクも師事したアカデミアの教授の最新の研究内容について語り合っているようだ。

アンジェリクもちょっと興味を引かれた。しかし、なんというか、ずいぶんと色気のない会話である点は気になる。

マリーヌが帰宅して「あら。お姉様」と驚く。ちょっと寄っただけだと、フランシーヌに言ったのと同じことを言い、チラリとフランシーヌたちを見る。

こそっと顔を近づけて、マリーヌに聞いた。

「いつもこんな感じなの？」

「何が？」

マリーヌも小声で答える。

「なんていうか、すごく専門的で細かい話をしているんだけど」

「そうよ。あの二人、オタクだもの」

「オタク？」

「勉強オタク」

「……なんだか、うるおいとときめきに欠けるわね」

眉間に皺を寄せて小声で続けると、マリーヌが形のいい青い目を大きく見開いた。

「お姉様がそれを言うの？」

「え、どういう……？」

「フランシーヌとクロード殿下は、お姉様とセルジュお義兄様にそっくりじゃないの」

領地改革オタク。

ビシッと言われて何も言えなくなったアンジェリクだった。

ひとまず体勢を立て直そう。

（そうだわ）

ちょうどいい機会なので、離れの所有者をはっきりさせておこうと思いついた。ちょうど議論を終えてまったりとお茶を飲み始めていた妹たちに言った。

「フランシーヌ、今夜、あなたたちの離れに泊めてもらってもいい？」

「私たちの離れ？　離れはお姉様のものよ？」

「今はフランシーヌが跡取りになったのだから、あれはフランシーヌのものよ。ボルテール家の屋敷を整えたら、今度から、私たちはあちらに滞在するわ」

マリーヌとフランシーヌが驚いて顔を上げる。

「そんなこと言わないで、お姉様！」

「ずっとこちらにいらしてよ」

「そういうわけにはいかないわよ」

アンジェリクはもうモンタン公爵家のアンジェリクではなく、ボルテール伯爵家の当主セルジュの妻、ボルテール伯爵夫人であり、ブールとワロキエ、ルフォールとバルテの四つの郡を治める独立した領主なのだ。いつまでもぬくぬくと実家の財力に甘えているわけにはいかない。

（まあ、まだ、だいぶ頼ってしまっているけど……）

できるところから、自分たちでやるようにしていこう。今のところは、今夜の宿も借りることになるのだけれど。

翌日もモンタン家の馬車を借りて、午前十時に『穀物新聞社』を訪ねた。

「よい返事がいただけて安心しました」

カジミールは口の端を大きく持ち上げるようにして笑った。

荷馬車協会への契約終了の申し出は、二月に入ったらすぐにでも行うと言う。

「あなたがたさえよければ、この場で契約を交わしたいのですが」

すでに証書が準備してあり、セルジュとアンジェリクは内容を確認した。同じものが二通と控えが二通。どれも同じ内容だ。

条件については以前聞いた通り。輸送費の金額、行先、回数などが記されている。

期間は今年の四月一日から二年後の三月末まで。更新する場合は二年後の二月に再度契約を交わす。更新しない場合の条件も荷馬車組合に準じて、その年の二月末までに、その旨を申し出ることが記載されていた。

特に異論はない。

契約が履行できない場合の違約金についても記されている。

ルフォールとバルテの便が運航できなくなった場合には違約金を支払わねばならない。荷馬車組合との契約を更新しなかった『穀物新聞社』の二年間の新聞輸送費と慰謝料である。

その額を見ると震える。

運航開始日に遅れた場合のことも記されている。

陸路での輸送を数カ月続けてからドラゴン便に切り替えることもできるが、その時は違約金の一部を支払い、契約も結びなおすのだ。

その時の支払い条件は今回のものとは異なるとカジミールは言った。

違約金が入れば陸路を使ったとしても『穀物新聞社』が損をすることはないが、『穀物新聞社』がもたもたしていれば、他の二社が参入してくる可能性が高まる。

「荷馬車組合と契約を交わした後で参入してくることはないと思いますが、それも時期に寄ります。あまり遅くなり、契約期間の残りが短くなると、ドラゴン便の輸送に切り替えてくるかもしれません」

独占的な輸送の機会が失われれば、新聞の販売価格を引き上げることは難しくなる。当然、輸送コストを下げざるを得ないと念を押し、時期については厳守してほしいと繰り返した。

「いかがですか、伯爵」

「問題ありません。この条件で、お願いします」

カジミールとセルジュがそれぞれの証書にサインをし、その場で封をした。麦と秤をモチーフにしてデザインされた『穀物新聞社』の印璽（いんじ）とドラゴンが描かれた『ボルテール・ドラゴン便商会』の印璽が封蠟（ふうろう）に押される。この契約書は重要な機会、例えば裁判の際などに開かれ、内容の改ざんがないことを証明するものだ。

それぞれ一通ずつを所持、保管する。

控えも渡された。契約書そのものは封蠟がしてあるため、内容の確認が必要な時にはこの控えを見る。契約内容が書かれているので扱いは慎重にしなければならない。

「ブールに戻ったら契約書と一緒に金庫に入れておこう」

セルジュが小声で言い、契約書と一緒に上着の裡（うち）ポケットにしまった。

「では、これで」

カジミールと握手をして部屋を出た。

「辻馬車を拾うかい?」

セルジュが聞いた。馬車は帰してしまっていたが、第二地区にある『穀物新聞社』からボルテール邸までは、そう遠くない。十分歩ける距離だ。

「いいわ。歩きましょう」

そう言って玄関ホールを出ようとした時、入ってきた人とぶつかりそうになった。

「あ、失礼」

咄嗟に謝り、脇を通り抜けていった男にアンジェリクは「ん……?」と眉根を寄せた。

「どうしたの?」

「今の人……」

「知り合い?」

「うーん……」

どこかで会ったような気がする。

振り向いて男を観察する。受付カウンターの前で男がにっこり笑うと、カウンターの受付嬢がポッと頬を赤らめた。彼女の表情を見て、アンジェリクは叫んだ。

「パトリック・ピカール!」

男と受付嬢が驚いてこちらを見る。

「あ……」

パトリックもアンジェリクの正体に気づいたようだった。間近で顔を合わせたのはドノン家を訪ねた時、一回だけだったが、この男はアンジェリクたちの動きを探っていた。アンジェリクの顔もうっすら覚えていたらしい。

「あなた、ここで何を……」

「あー……、ええと……」

「何をしているのよ」

きつい口調で聞くと、パトリックは諦めたように帽子を取って頭を下げた。

「僕は今、ここの記者をしているんです」

「記者ですって?」

聞けば、ドノン公爵やゴダール姉妹の情報を大量に持ち込んだことで、その情報収集能力を買われて記者として就職できたのだとか。

(なんて、しぶといの……)

この男がいろいろと暗躍していたことは噂で聞いた。ゴダール姉妹のやせっぽちの侍女を通してドノン公爵を陥れるネタを姉妹に売っていたことや、それが発覚してドノン家のフットマンをクビになったことなどを、風の噂で耳にしていた。

だが、そのあたりまでしか聞いていない。そもそもパトリックのことなど誰も気にしていなかったからだ。エマでさえ気にしていなかった。

パトリック・ピカールの武器は見た目のよさと愛想のよさで、モンタン公爵家で侍女をしていたエマもすっかり騙されて、乙女心を弄(もてあそ)ばれた。自分では全くそのつもりもないまま、聞き上手すぎるパトリックに様々な情報を流してしまっていたのだ。パトリックのせいで、ドノン公爵にはアンジェリクたちの動向が筒抜けだった。

（はっ！　もしかして、ルフォールやバルテに発着地を作ることも、この人が……）

ゆくゆくはそうしようという話はだいぶ前にしていた。エマから聞いて知っていたのかもしれない。カジミールに教えたのは、きっとこの男だ。

いずれにしても、あの時のことが記憶にあったから、カジミールとの約束を守るためにも『穀物新聞社』との話は父たちにもしないと決めたのだ。

モンタン家やバルニエ家には使用人が多すぎる。ほとんど壁のように自然に存在する彼らの中に、パトリックのような人の手先がいたのでは、とうてい秘密は守れない。

（その点は勉強になったわ。でも……）

エマの気持ちを弄んだことは許せない。アンジェリクははしばみ色の瞳をギラリと光らせてパトリックを睨んだ。

「怖いなぁ」

パトリックはへらへらと笑って軽く手を上げ、のけぞってみせた。なるほど、この人は顔がいいのかもしれない。たぶんこれは、一般的には魅力的な顔と仕草なのだ。

だが、日ごろからセルジュを見慣れているアンジェリクには案山子や門柱と大差がない。

（それでカッコいいつもりなの？　笑わせないで。レベルが違うってことを見せてあげるわ）

フン、と鼻を鳴らし、アンジェリクは受付嬢の前に自分の夫をぐいっと突き出した。

「アンジェリク……？」

「セルジュ。ちょっと、その人に笑いかけてみて」

「え、どうして？」

「いいから」

セルジュは受付嬢の目を見てにこりと微笑んだ。ズキュンと、彼女の心臓が撃ち抜かれる音が聞こえるようだった。ふだんなら嫉妬に怒り狂うところだが、今回は自分が仕向けたことなので仕方ない。

（見なさい）

パトリックの顎がガクリと落ちる。

「行きましょう」

アンジェリクは背を向け、夫の手を強く引いてズンズンと歩き始めた。飛来する秋波（しゅうは）をパッパッと手を振って追い散らす。

「いったい、なんだったんだい？」

建物を出るとセルジュが聞いた。

「なんでもないわ」

アンジェリクはにっこり笑って首を振った。なんだか大人げないことをした自覚はある。それでも、エマの仇（かたき）を少しは取れたかもしれない。

モヤッとする部分は残るが、今はやることがいっぱいだ。

無理やり気持ちを切り替えて、明るい声を出す。

「さあ、次はルフォールね」

ルフォール郡はモンタン公爵領の中で最も南にあった。面積はさほど広くない。隣にあるセナンクール領アルカン郡の半分ほどだ。

アルカン郡はアルカン王国の名前の由来にもなった古い土地でセナンクール家、つまり王家が治める土地である。ザラッハ海をなだらかに囲むアルカン湾に面しており、大きな貿易港がある。

南セナンクール街道はこのアルカン郡と王都を結ぶ街道で、ルフォールの近くまでほぼまっすぐに延びている。皺を寄せたように幾重にも山地が連なる北部に比べて、アルカン王国の南部は平野が多く起伏が少ない。まっすぐ延びる街道に沿って飛ぶだけなので気が楽だった。

初めて王都に飛んだ時は地図と地形を見比べながら、セルジュはラッセに細かく指示を出していた。

ドラゴンは賢いので、ある程度の方角やおおよその行き先は理解している。大人のドラゴンならば、人を乗せていなくても「巣」として認識しているブールに戻るのは難しくない。

それでも「ここへ行こう」と人が決めた場所に飛んでもらうためには、やはり要所ごとに指示を出す必要がある。それがライダーの役目だった。

それらの指示をきちんと理解するのだから、ドラゴンはやはり賢い。

ザラッハ海の沿岸は冬の降水量が多く、夏は乾燥している。ルフォール郡やアルカン郡が避暑地として好まれるのはこの乾燥気候のためだ。

ルフォール郡の郡都、ルフォールに差し掛かる。上空の空気は湿気を含んで暖かかった。

高度が下がり、街の様子が見えてくる。石灰を使った建物はどれも白く光っていて、空の上から見ても、青い海と白い建物のコントラストが美しかった。

ルフォールはもともとは何もない海辺の街だった。南セナンクール街道が開通し、王都からの移動が容易になった頃から、中央貴族の夏の休暇を過ごす地として栄え始めた。

アルカン郡の気候も同じようなものだが、あちらはすでに港町として栄えていたため自由に使える土地が少なかった。何もないルフォールのほうが新しい建物を建てやすかったのだろう。広い通り沿いにゆったりとした敷地を持つ貴族や上級商人の屋敷が行儀よく並んでいる。

冬の温暖な気候も好まれていて、夏以外の季節にもルフォールの街には人が多い。一年中過ごしやすいため、中央貴族や高級官僚が引退後に移り住む先としても人気があった。

街の土地のほとんどは今も領主のものだ。地代だけでもなかなかの額になる。

かつては漁業と海水塩の製造、果実やその加工品の販売などがルフォール郡の主な産業だった。今は避暑地としての観光収入が大きな割合を占めている。

漁業や農業に従事する人の数が約半分。市場や加工品の作業場で働く人が二割ほど。残りはルフォールの街に屋敷を持つ貴族のもとで働いたり、宿や店で働いたりしている。

水捌けがよく夏の降水量が少ないため、領地内の農作物は果物が多い。海産物とともに近隣の郡に運び、穀物や野菜類と交換している。市場では、ルフォールの漁港から上がる海の幸、郡内で採れる果物、内陸部の土地から運ばれてきた野菜や穀物が豊富に売られている。

それらのことは領地の所有権とともに父から引き継いだ報告書によって知ることができた。

領主の屋敷もルフォールの中心街にあったが、ラッセは街の上空を通り過ぎ、近くのエルー農場へ向かった。

エルー農場は漁港と市場を見下ろす海沿いの丘にあった。

ゆるい勾配(こうばい)を持つ丘には果樹園が広がり、石垣で囲んだ敷地の中に、さまざまな加工品の作業場や貯蔵庫が点在している。

なだらかな坂道が港町と農場の入り口を結んでいて、空の上からその全容を見下ろしながら、発着地を作るなら、やはりこの敷地内がいいだろうと思った。

ラッセが下降するにしたがって、果樹園や作業場で働く人たちの姿がはっきりと見えてくる。

突然現れた巨大な生き物を見上げ、驚きの声を上げる者がいた。空を指さし、互いに何か言い合いながら、慌ててその場から逃げていく。

ワロキエの牛について、いつかポリーヌが言っていた言葉を思い出した。

『空からだとわりとはっきり逃げていく様子がわかるんです』

ミルクの質が落ちた原因を調べにいった時に聞いた言葉だ。ワロキエの発着地にドラゴンが降りてくると、牛たちはゆっくりと移動し始める。その様子をいつも空から見ていたポリーヌは、牛たちはドラゴンを怖がって逃げているのではないかと言ったのだ。

（確かに、空から見るとよくわかるわ）

水面に広がる波紋のように、同心円を描いて人々が散ってゆく。ライダーやドラゴンたちはいつもこれを見ているのかと思うと、なんだか少し切なくなった。

敷地内に立つ農場屋敷の裏手に着陸すると、姿勢を低くしたラッセの背からエリクが素早く滑り降り、鞍の脇に取り付けた折り畳み式の梯子を開いてセルジュに渡した。セルジュはそれを受け取ると、アンジェリクのために鞍の縁に固定した。

この折り畳み式の梯子は、昇降装置やその代わりになる建物が近くにない時でもドラゴンへの乗り降りが安全にできるようにとエミールが考案したものだ。

「アンジェリクお嬢様！」

屋敷のほうから顔なじみの使用人たちが駆けてくる。ヴィニョアのサマン農場のベルナールたちと同様に、エルー農場には、幼い頃からアンジェリクを知っている人たちが大勢いた。

「お嬢様……！」

「お久しぶりでございます」

結婚を機に、父からアンジェリクに領地が譲られたことを、彼らはすでに知っていた。いずれアンジェリクが領地を治めることになることは以前から承知していたからか、ボルテール伯爵領になったことへの抵抗はあまりないようだった。

「ご結婚おめでとうございます」

口々に祝福の言葉をかけてくれた。

集まっているのは農場責任者のオーバンとその妻、近くで作業をしていた使用人たち、街にある屋敷から来ている侍従や侍女たちだ。

「こちらがあなたたちの新しい領主、セルジュ・ボルテール伯爵よ」

アンジェリクの紹介でセルジュが挨拶をした。

「よろしく頼む」

セルジュがにこりと微笑むと、「ずいぶんと見た目のいい領主様ね」、「美しい方……」という囁(ささや)きがあちこちから漏れ聞こえてきた。侍女や使用人の夫人たちが一斉に頬を赤らめる。

ピクリと頬が引きつるが、いい加減慣れなくてはと思い直す。生まれた時から顔のいい人生を送ってきた当のセルジュ本人は、すっかり慣れてしまって全く気付いていないようなのだから。

それから使用人たちは、首を伸ばしてラッセとエリクのほうを見た。

「あれが、ドラゴンですか」

「大きいですね」

ざわざわと互いに何か言い合いながら、遠巻きに眺めている。怖さが半分、興味が半分といったところか。近づく者もいない代わりに逃げる者もいないのが少し嬉しい。

「青くて、キラキラしているんですね」

侍女の一人が言った。

「いろんな色の子がいるわ」

「新聞で読みました。確か、赤い子と白い子は女の子なのではなかったでしょうか」

「そうよ。詳しいのね」

彼女は頰を赤らめ、小さく頷く。

「ドラゴンが好きなの？」

「まだ、よくわかりません……。でも、すごく綺麗だと思います」

空の上から逃げていく人を見た時には胸が痛んだけれど、地上に降りて一人ひとりと話してみれば、こんな言葉を聞くこともできる。全体を見ることも、こうして一人ひとりの声を聞くことも、どちらも大事なのだと実感した。

農場屋敷の居間に落ち着くと、オーバンからエルー農場の様子を聞いた。

ラッセの寝床にできそうな壊れかけの倉庫があったとかで、お茶を飲み終わると、セルジュはエリクと一緒に寝藁を運びこんで急ごしらえの「巣」を作り始めた。

アンジェリクも後から様子を見に行った。

「これで、何日かなら、厩舎の代わりになる」

倉庫の隅に寝藁を敷き詰めながらセルジュが言った。

倉庫は屋根が半分壊れていた。三方向がレンガの壁で囲まれている。なるほど、と思った。これなら休めそうだ。

ドラゴンは岩場に空いた穴や窪みに巣を作ると前に教えてもらった。一時的な休息場所でも大きな樹木の下や枝の密集した場所を好むらしい。狭いところが好きなのだ。

エリクがラッセを遠くに連れていっている隙に、港の人たちが荷車いっぱいの魚を倉庫の中に運び入れた。

「獲れすぎて余ってたもんで、助かりやした」

「またいつでも言ってくだせ」

少しだけお国訛り(なま)のある若者たちが、チラチラと警戒するようにラッセのほうを盗み見しつつ、それでもにこりと笑って魚を置いていく。

「ドラゴンて、お魚も食べるの？」

「どうかな。エスコラの研究所では、川魚とか干し魚とかを、たまにあげてたけど」

海の魚はどうだろう。多少の好き嫌いはあるのかもしれないが、ドラゴンはだいたいなんでもよく食べる。たぶん大丈夫だろうとセルジュは言った。

エリクがラッセを連れて戻ってくる。

「ほら、ラッセ。晩ごはんだぞ」

セルジュが荷車を見せると、ラッセは興味深そうに中を覗き込んだ。次の瞬間、はぐはぐと音を立てて魚をのみ込み始める。

「気に入ったみたいね」

「うん」

「ラッセ、ルフォールのお魚は美味しいでしょう？」

アンジェリクの言葉に、ラッセはグルルと喉を鳴らした。そして、なぜか体の向きを変え、エサを隠すように背中を向けて食事を続ける。

「満足そうね」

　ほっこりした気持ちで、食事をするラッセを見ていた。

　その後は資料を片手に発着地や厩舎を作る場所を決め、輸送に適した積み荷やその運搬ルートについて細かく確認した。

　だいたい思っていた通りだった。ルフォールはこのまますぐにでも準備に取り掛かれそうだ。

「ルフォールは、大丈夫そうね」

「そうだね」

　その日はそのまま農場屋敷に泊まり、翌日は郡都でもあるルフォールの街に移動して、役人や街のまとめ役をしている主だった人たちと顔を合わせた。

　アルカン王国は郡ごとの自治権が強く、領主次第で暮らしが大きく変わる。領主が替わることは、本来ならば一大事なのだが、ここでもアンジェリクとその夫が領主になったことについて特に抵抗はないようだった。

　もともと跡を継ぐはずだったアンジェリクが治めるのだから、自分たちの暮らしは変わらないだろうと信じているのだ。

　ワロキエのヴォリでも同じような感じだったと思い出す。父への信頼がそのままアンジェリクへと受け継がれる感じがした。

　街の様子も見て回った。

アンジェリクがよく訪れたのは夏で、ルフォールの街はいつもお祭りの時のように華やかで賑わっていた。冬の今も通りには人の流れがあり、店の窓には花や美しい商品が飾られている。寂れた様子はどこにもなかった。

王都のように目まぐるしく流行が移り変わることもなく、この街ではよいものはよいものとして、ゆったりと愛されているようだった。豊かで優雅な時間が流れているという印象を受けた。

「いい街だね」

「本当に」

どこへ行ってもアンジェリクたちは歓迎された。

冗談で、「ルフォールの税はどこよりも軽いからかしら」と笑ったが、それも無関係ではないのだろう。

その日は街の屋敷に泊まり、翌日馬車でエルー農場に戻った。

ラッセの寝床が確保できていたこともあり、エリクも残って、発着地ができた後のエリク自身の生活拠点の準備を整えていた。

近々、エミールが来て工事の段取りをした後は、陸路で送り込まれる地上係員とともにエリクが監理を引き継ぐ。しばらくの間、ルフォールがエリクの生活の場となるのだ。

「大丈夫そう？」

アンジェリクが聞くと、エリクはニッと笑って言った。

「家族のいるジャンがワロキエでやったことです。独り身の俺ができないとは言えませんよ」

「苦労をかけるわね」

「なんでもありませんよ」

にこにこ笑ったまま「次はバルテですね」と明るく言う。

「いつでも飛べます。準備が出来たら言ってください」

6　視察の旅 ② ―バルテ―

いったん王都へ向かってから、王都の上空で東に折れる形でバルテを目指した。

アルカン王国の南部から東部にかけては地形の変化に乏しい。目印になるものを探すのが難しく、この先繰り返し飛ぶことになる王都―バルテ間の航路を確認するのが目的だった。

南セナンクール街道に沿って北に向かい、巨大な郭壁を持つ王都の上空で東に進路を切る。テニエ山脈を左手に見ながらモンタン公爵領マザランの上空を通過する。

バルテはエスコラ王国との国境に位置する郡で、エスコラと王都を結ぶ街道の一つが通っているはずだった。だが、王都に繋がる街道は多く、幾筋もの道のどれがバルテ街道に繋がるのかを見極めなければならない。

「山地と平野の境にある街道を目印に飛んでいこう」

地図を片手にセルジュが言い、エリクは大きな街の郭壁を一つ一つ確認しながらラッセに指示を出し続けた。

幾筋もの街道が放射状に分かれてゆく。その中のひとつに沿って飛び、しばらくすると「あ、見えてきたぞ」とセルジュが明るい声を出した。

「バルテ湖だ」

「あ、あれですね。大きいな」

エリクも叫んだ。

「どこ？」

身を乗り出すアンジェリクにセルジュが前方を指さす。

「ほら」

「どこよ」

「もう少し行けば、もっとよく見えるよ」

バルテ湖はアルカン王国最大の湖で、エスコラとの国境を示すオッピア川が流れ込み、エスコラの南にあるバルトシェク帝国との国境を作るアムルット川につながっている。ホゼー世界でも有数の大きさを誇る。

じっと目を凝らして前方を見据えていると、茶色と緑が続く大地の向こうに銀色の湖面がキラリと光った。

「あ、見えたわ！」

「バルテ湖が見えたら、あとはあれを目指して飛ぶだけだ。ラッセ、頼んだぞ」

セルジュが言い、エリクも「ラッセ、あのキラキラに向かって飛ぶんだ」と指示を出す。

ラッセは青い耳をピクリと動かし、目だけをこちらに向ける。エリクの指が示す方角に視線を戻し、返事をするように「グルル」と鳴いた。

「いつも思うんだけど」

風に負けないように大きな声を出し、アンジェリクは前方の二人に聞いた。

「ラッセたちって、言葉だけで指示を理解するの？」

セルジュとエリクは、一瞬顔を見合わせて、同時に首を傾げた。それから「ちょっと、今は集中しなくちゃだから、後でね」と言って前を向いてしまった。

アンジェリクは諦めて、毛布の中に身をうずめた。朝のルフォールの暖かさが嘘のように、王都を過ぎたあたりから再び風が冷たくなっている。

ホゼー世界は東西に長い陸地でできている。北側はノアールの森とモンターニュベールの山々で塞がれ、南にはザラッハ海が広がっている。

西の終わりはアルムガルト大公国でアルムガルトの西にはどこまでも続く大きな海があった。この海の水が暖かいせいで、陸地の西側は年間を通して暖かいのだそうだ。アルムガルト大公国や、アルムガルトに次いで西に位置するアルカン王国は、ホゼー世界の中でも温暖な地域だと言える。

陸地の東に行くほど、また内陸部に行くほど、季節による寒暖差が大きい。

北部の冬は特に寒い。アルカン王国の北に位置するブールも寒いが、さらに北にあり海からも離れたエスコラは気候の厳しい国だと聞いている。

エスコラの手前にあるバルテも相当寒そうだなと、毛布の中で考えた。

「アンジェリク、もうすぐ着くよ」

セルジュに言われて毛布から顔を出す。眼下には一面の深い青色が広がっていた。

「え……、海の上？」

「湖だよ」

「これが、バルテ湖なの……？」

大きい。

バルテ湖は地図で見るよりはるかに大きかった。

郡都であるバルテはバルテ湖のほとりにあった。郭壁に囲まれた街と、その街を貫いて東西に走るバルテ街道が空の上から見える。

「大きな街ね」

「城はもっと東にある」

国境の郡なので古くからの城が残っている。街を囲む郭壁とは別に、より湖に近い場所に古びた石垣が見えた。石垣の中心にあるのがバルテ城らしかった。

街の外れというよりも、完全に街から外れている。ブールとソヌラのような距離感である。二つの区画は一本の道でつながっており、街の郭壁と城の周りの石垣を合わせると落花生のような形に見えた。

ラッセは城の裏手の草地に向かって下降し始めた。

「ドラゴンの厩舎を置くのには、このくらい街から離れているほうがいいかもしれないわね」

「うん」

草地に降りて、なだらかな坂を下っていく。大きな納屋を通り過ぎたところで、管理人の老人とその妻らしき女性が城から出てきた。

「ようこそおいでくだせえました」

お国訛りのある口調で挨拶をし、恐る恐るといった様子でアンジェリクたちの背後に首を伸ばす。

「あれが、ドラゴンでごぜえますか……」

草の上に寝そべっているラッセを見て、老夫婦はごくりと唾を飲んだ。

老夫婦の他に使用人はいないようだった。だが、案内された食堂には温かい昼食が用意されていた。

スープを口に運んで、ほっと息を吐く。給仕をするのも二人の仕事だったので、せっかくだと思い、いろいろと話を聞かせてもらった。

老夫婦の姓は「バルト」といった。

「バルトっていう姓は多いの？」

土地の名前と似た姓を持つ者は意外と多い。案の定、このあたりではよくある姓だと二人は答えた。

さらに、まさかと思いながら「エドガール・バルトって人を知ってる？」と聞いた。

驚いたことに「知っとりますよ」という答えが返ってくる。

「バルトってバルテ郡の出身だったの？」

セルジュを振り向くが「知らない」と首を振る。優雅にお茶のカップを口に運びながら、「きみがいきなり採用したし、紹介状や経歴書は見てない気がするな」と言う。

（確かにそうね）

「仮に受け取っていても、王都暮らしが長い場合は、出身地まで書かないことも多いしね」

老夫婦の夫のほう、バルト老人が懐かしそうに答えた。

「街の外側の、今はもうなくなってすまった集落にいた子でさあ」

小さな集落だったので、バルトの両親が流行り病で他界した後は誰もいなくなってしまったのだと教える。

「誰も？　他の人たちはどうしたの？」

「もともと、若いもんはみんな出て行ってすまってますたし……」

「街に働きに行ったってこと？」

「いんや」

老夫婦は首を横に振る。

「もっと、遠いところに行ってすまうのでさあ」

エドガールも王都へ行って警備兵になったと聞いた。そう二人は言う。

「何度か仕送りがあったようだすが、いくらも経たないうつに、あの子の両親がいなくなってすまったでの」

その他の若者のことは、よく知らないと続けた。

「そう……」

「仕事がねえですからの」

郡都バルテは大きな街だが、地元の人間が働く場所はあまりないのだという。アンジェリクは事前に調べてきたバルテの産業を頭に浮かべた。

「ウールやリネンの生産は、していないの？」

目立つ生産量ではないが、羊毛と亜麻から布を作っていると報告書に記載されていた。

「やっとりますよ。ただ、若い人たつはやりたがりません」

岩場だらけの寒い土地では他にできることがない。だからやっているだけで、たいしてお金にはならない。若い人にとってはつまらない仕事なのだろうと話す。

昔はバルテ湖の水を使って染め物をする家もあったが、どのみち労働者のための布なので、それもしなくなってしまったらしい。近場で採れる草木を使って暗い色に染めても、売値は変わらないからだそうだ。

素材の色そのままの、生成りというよりグレーや薄茶の布を細々と作っているだけだと言った。

「街の賑やかさを目の前で見とったら、そりゃあ、都会にいぎたくなりまさあ」

バルト老人はどこか諦めたような顔で笑った。

しばらくすると、エリクが顔を見せた。

「それでは、旦那様、奥様。俺は、ブールに戻ります」

「うん。ご苦労様」

「エミールによろしくね」

エリクはいったんブールに戻り、ワロキエにいるエミールを迎えに行くことになっている。そのままエミールと一緒にルフォールに行き、段取りを決めてもらって工事に取り掛かるのだ。

「お二人を迎えに来るのは、三日後で大丈夫ですか」

バルテにはフクロウ便の「駅」がないので、先に迎えの日にちを決めておかなければならない。

「大丈夫よ。エリクはルフォールに行っちゃうから、ジャンが来るのね？」

「はい」

「ジャンに、よろしく頼むと伝えておいてくれ」

食事が済むとバルト老人に馬車を出してくれるよう頼んだ。

城の前に出て待っていると、型は古いがしっかりした造りの馬車が近づいてくる。御者台には老人が座っていた。やはり他に人がいないようだ。

「街まで頼めるかい」

「へえ」

街はバルテ城から見て西側にある。落花生のくびれの部分にある街道を抜けて街に入ると、郭壁の中は王都の第二地区のような賑わいを見せていた。

バルテ城のある一帯を旧バルテ地区、もしくは単にバルテと呼び、こちら側は新市街あるいはカンボン地区と呼ぶのだと老人が教えた。両地区を結ぶ街道はカンボン街道と呼ばれている。

バルテ街道とカンボン街道が交差する四つ辻で馬車を降りた。どちらの街道もたくさんの人や荷馬車が行き来していた。周囲の建物はどれも重厚な造りで、時計や宝飾品など高価な品物を扱う店が多かった。他にはランプや秤などを売る店が目立つ。どれもエスコラの特産品だ。

気候の厳しいエスコラ王国では、スィブールに伝わる技術を使って精密な機械や道具を作っている。それらを各国に輸出し、そこで得た金貨で穀物や野菜を輸入しているのだ。

ドラゴンを有する国としても知られているが、伝説とされてきたそれは、どちらかと言えばおまけのようなものだった。

エスコラは学問と技術の国で、スィブールに関する研究に力を入れている。その一環としてドラゴンの研究もしているという感じである。

「エスコラの時計やランプは高級品だけど、ここで売られているものは、王都と比べるとだいぶ安価だね」

「そうね。街全体が、問屋のようなものなのかしら」

忙しそうに行き来しているのは、エスコラからの品物を売りに来ている商人たちと、バルテで仕入れたものを王都や他の街に売りに行く商人たちのようだ。

「建物や、街の賑わいは王都と似ているけど、どことなく質実剛健というか、華やかさに欠ける感じがするね」

「貴族の令嬢や夫人の姿がほとんどないからかもしれないわね」

その日はざっと街を見ただけで、城に戻った。

翌日は郡の官吏や役人たちと会った。

新たな領主となったセルジュとアンジェリクに対して、バルテの役人たちは事務的な対応を見せた。どこでも温かく迎えてくれたルフォールとは対照的な雰囲気だったが、決まった報告を受けるだけなので、特に問題はない。

どの領地でも、領主がいちいち口を挟まなくても業務は流れていく。かつてのブールのように悪事を働いている役人がたくさんいたのでは困るが、そんな様子はなく、報告書の中身もわかりやすく正確だった。街道や街の整備もきちんと行われている。

商人の納める税や通行税のおかげでバルテの財政は潤っていた。特に大きな問題もなく、ルフォールに続いてバルテの視察も順調に終わりそうだ。

ワロキエの花やルフォールの魚介類のように、是非ともこれを運びたいという品物はなさそうだったが、ブール・ヴィニョア便のように、必要に応じて積み荷を変えていってもいい。

エスコラからの輸入品を運ぶという手もある。

鮮度とは無関係の工業製品なので、わざわざドラゴン便を使う必要があるかどうかは後で考えるとして、ほかにこれといった特産品がないのなら積荷の候補に加えてもいい気がする。

いずれにしても、バルテ便ができれば他の人からの配送依頼も増えるだろう。何より、新聞輸送というまとまった仕事が得られる。

「発着地はバルテ城の敷地内でいいわね」

「街からも十分離れているし、ちょうどいいんじゃないかな」

セルジュとあれこれ確認し合いながら、馬車を降りた四つ辻まで戻る。バルト老人が迎えに来るまでには、まだ少し時間があった。

「昨日も気になったんだけど、あの建物は何かしら」

ひときわ目立つ大きな建物が四つ辻の角に立っている。役所や郡の施設でないことはわかっているのだが……。

「商業組合の本部のようなものが、いくつか入っているみたいだね」

「さすが商人の街ね」

石造りのいかめしい建物だ。

壁に埋め込まれた金属のプレートを見ると、『全国荷馬車組合』や、『大街道宿場町組合』のバルテ支部が入っていることがわかった。

「この『全国荷馬車組合』というのは、カジミールが言っていた大手の荷馬車組合の一つかしら」

「上の階には『エスコラ貿易商協会』の本部っていうのもあるみたいだよ」

「こういうところにも、挨拶をした方がいいのかしら」

自分たちが直接運営に関わっているわけではないが、おそらく大口の納税者に当たる。ルフォールでも、父に倣（なら）って漁業組合の代表に挨拶をしてきた。

「アポイントメントも取ってないし、急に訪ねるのもどうだろうね」

建物の前で思案していると、大柄な人物が何人かの人を従えて正面玄関に続く階段を下りてきた。

銀色の杖が目の隅に入り、アンジェリクは何気なくその人物の顔を見た。

そして、思わず「げっ」と、元公爵令嬢にして現伯爵夫人としては、ちょっとどうかと思う声を上げてしまった。

（ドノン公爵……！）

男がこちらを向き、目が合ってしまう。うわぁ……と、心の中で顔をしかめつつ、表面的ににはにっこりと笑顔を作った。

「……ごきげんよう」

「コルラードのところの娘か。フェリクスの息子も一緒とはな」

ドノン公爵が「フン」と鼻を鳴らして階段の上から見下ろしてくる。ムッとした。

（相変わらず失礼な人ね！）

「こんなところで何をしている」

見下ろしたまま聞いてくるので「あなたこそ、ここで何を？」とつい聞き返していた。ジロリと睨んだだけで、ドノン公爵はアンジェリクを無視した。

（キーーー、なんなの、この人！）

隣でセルジュがサラッと会話を始める。

「バルテ郡を父から譲られましたので、視察を兼ねて、各所に挨拶をしに来たのです。それで、閣下はこちらで何を？」

「定例会に参加しに来たのだ。『全国荷馬車組合』バルテ支部、『大街道宿場町組合』バルテ支部、そして『エスコラ貿易商協会』のな」

それらの組織の代表者の集まりが定期的にあるのだと言い、「ここで何かやるつもりなら、我々にも挨拶をすべきだ」と続ける。

「領主なら、我々の顔と名前くらいは知っていて当然だろう。まったく、フェリクスとコルラードは、そんなことも教えておらんのか」

ドノン公爵は鼻に皺を寄せ、「なっとらんな」と苦々しそうに言った。

ムカムカしっぱなしのアンジェリクだったが、セルジュは相変わらず涼しげに会話を続ける。

「これは、失礼いたしました」

にっこり笑って「実は、今からご挨拶に伺いたいと思っていたところなのです」と言ってのける。

「先にアポイントメントを取りたまえ」

「ですよねぇ」

へらっと笑うセルジュを、階段の上に立ったままのドノン公爵が見下ろす。

（ほんっとに嫌な人だわっ！）

公爵の背後にいた人物の一人が「まあまあ」と言いながら前に出てきた。ドノン公爵や父たちと同年代の太った男で、やたらと背が低く、薄い茶色の髪をしている。

「相手は領主様ですよ、公爵閣下」

「誰であろうと、礼儀は教えねばならん」

「それは、まあ、そうですが」

薄茶の男がニヤニヤ笑う。別の一人も一歩前に出て、慇懃な態度で「お若いお二人のこと、多少の無礼は多めに見て差し上げなくては」と言った。

（無礼？　今、私たちのことを無礼って言った？）

アンジェリクは慇懃野郎を横目で睨んだ。こちらはひょろりと痩せていて、濃い赤毛だった。ピタッと頭に張り付いた真ん中分けで、ちょび髭も赤い。そのちょび髭を大事そうに指で撫でているが、カジミールのピンとした黒髭と比べると、だいぶ貧相で、へにょっとしている。

薄茶が右手をセルジュに差し出す。

「私は『全国荷馬車組合』の代表でフロラン・レネという者です。こちらは『大街道宿場町組合』の代表を務めるラウル・マルティル氏」

爵位はないらしいが、事業で成功した新興の金持ちのようだ。薄茶のレネ氏も赤毛のマルティル氏も王都の貴族たちのような、たいそう立派な身なりをしていた。絹の上着に金糸の刺繍がこれでもかと施されている。キンキンでキラキラ。めちゃくちゃきらびやかで、貴族たちよりもさらに豪華というか、派手だ。

「そして、こちらは『エスコラ貿易商協会』の理事を務めるドノン公爵」

知ってます。

心の中で思ったが、貿易商協会の理事をやっているというのは初耳だ。

（この人も、いろいろ忙しいのね）

父たちと同様、王宮での仕事や領地の管理もあるだろうに、ご苦労なことである。

ついドノン公爵に負けじとふんぞり返っているアンジェリクの横で、柔和な笑みを浮かべたセルジュがレネ氏の右手を取った。

「バルテ郡の領主になったセルジュ・ボルテールです」

「伯爵よ」

アンジェリクは横から言った。階段の上に立ったまま握手を求めてくるレネ氏の態度が、どうにも気に食わなかったからだ。貴族だから偉いとか威張っていいとかは思わないが、これは国で定めた身分である。安易にないがしろにしていいものだとも思わない。

幅があるわりに縦方向に短いレネ氏は、伯爵と聞いても階段から下りなかった。だが、一段上にいるにもかかわらず長身のセルジュより頭の位置が低かった。パッと見た感じ、自然な構図である。なんだかバランスが取れている。

その点を鑑みてなんとか我慢した。

セルジュはマルティル氏とも握手を交わした。

「お忙しいお二人に、ここでお会いできたのは運がよかった。改めてお時間をいただくのも恐縮ですし、これをご挨拶に代えさせていただきます。どうか、これからも、是非バルテ郡のためにお力添えください」

よどみなくそんなこと言い、にこにこ笑っている。

レネ氏とマルティル氏はまんざらでもない顔で「うむ」だの「まあ、よろしく」だのと言ってニヤニヤと笑った。

ドノン公爵が「行くぞ」と言い、三人はようやく、他の取り巻きとともに階段を下りてきた。ツンとすましてアンジェリクたちの脇を通り抜けていく。

彼らの姿が馬車だまりの広場に続く角を曲がったところで、アンジェリクは「なんなの、あれ」と吐きだした。

「すごく失礼な人たち。あんな人たちに、ちゃんとした挨拶なんかしなくていいのに……！」

「そういうわけにはいかないよ。この地区では有力者たちみたいだし」

「そうだけど……」

「それに」

相変わらずにこにこ笑いながらセルジュは指を一本立てる。

「今ので、挨拶をしたことになるなら、かえって楽だったと思わない？」

わざわざ時間を割いて会いたい相手ではなかった。手間が省けたと思えばいいではないかと続ける。

言われてみればそうかもしれない。

まじまじと夫の顔を見る。すぐにムッとしてしまう自分の性格を反省した。

（でも、どうしてもあのドノン公爵って人は、好きになれないのよね……）

仲間の二人も感じが悪かった。

だが、ちょっとくらい不快なことがあっても、いちいち気にしている暇はない。

「とりあえず、バルテの視察も順調かな」

セルジュの言葉に、「そうね」と頷いた。

ジャンが迎えに来るのはまだ先なので、翌日はバルテの街を出て、郭壁の外の様子を見て回ることにした。

バルテ郡は郡都バルテをはじめとした街道沿いの街のおかげで財政は豊かだが、ほかの地区の領民の暮らしがどんなものなのか、報告書の数字だけではイマイチよくわからなかった。

城に人手がないことはわかっていたので、バルト老人には残ってもらい、ブールを視察した時のようにセルジュと並んで御者台に座った。

「街道沿いの街の他には、空からは、何も見えなかった気がするわ」

地上の様子がわかる高度まで降りてきたのはバルテ湖が近づいてからだった。途中まで転寝（うたたね）していたせいもあって、気づいた時には湖とバルテの街の建物しか見えなかった。

周囲の様子が掴めていない。なんとなくだが、岩場と草地が広がるばかりで畑らしきものがあまりなかった気がする。ぽつぽつと小さな集落がいくつか見えた程度だ。

「一応、バルテは羊毛と亜麻の産地らしいね」

「報告書にもそう書いてあったわね。若い人はあんまりその仕事をしたがらないってバルトさんは言ってたけど」

「食べ物が採れるような畑はあまりないってことかな」

　バルテ湖があるおかげでエスコラほど厳しい気候ではないが、内陸部の、比較的北にあるバルテも寒い土地だ。見たところ岩場も多い。白っぽい岩がぽつぽつ散らばる土地は作物の育成には向かなそうに見えた。

　街を出て適当な道をしばらく走ってみたが、すぐにその道は粗末なものに変わり、やがて途絶えてしまった。

「この先には、何もないみたいね」

　引き返して別の道を行くと、今度は小さな集落に行きついた。城の老夫婦と同じくらいの年代の男が狭い畑を耕していた。

「新すぃい領主様だすか……」

　男はぼんやりと言い、何か困ったことはないかと聞いても「特に、ごぜえません」と言うだけだった。

「あなたの他には誰もいないの？」

「はあ」

「みんな、街に働きに行っているのかしら」

「そんなとこです」

　老人が鍬(くわ)を握り直すのを見て、セルジュが頷く。

「邪魔をしたね」

アンジェリクとセルジュは小さな集落を後にした。

残りの土地も似たようなものだった。郡都の周辺の土地にはあまり人が住んでいないようだ。

「本当に若い人がいないみたいだ」

バルト老人の言葉を思い出す。

『街の賑やかさを目の前で見とったら、そりゃあ、都会にいぎたくなりまさあ』

確かに郡都バルテは大きな街だし、カンボン地区は賑やかだった。それでいて、地元の人間が働く場所はあまりないのだと老人は言っていた。

「王都や、ほかの郡に行ってしまったということかしら」

あれだけ荷馬車が行き来していれば、穀物や野菜もよそからたくさん入ってくるのだろう。周辺の畑で採れたものを売りにいく必要はないのかもしれない。

売るほどの収穫もないのかもしれない。

「なんだか寂しい感じがするわね」

「バルテは街道沿いの街を中心に成り立っている郡なんだろうね」

遠くまで広がる何もない土地を眺めて呟いた。

エスコラとの貿易が全てということか。

「ドラゴン便で運ぶ荷もエスコラからの輸入品になるのかもしれないな」

「だとしたら、ちょっと嫌だけど、ドノン公爵ともう一度会って『エスコラ貿易商協会』に加入しなきゃいけないのかしら」

「今はまだ早すぎるけどね」

ドラゴン便の就航については、カジミールと約束した時期までは公にできない。その後でなければ、協会への加入もできないだろう。

「タイミングが難しいけれど、二月の終わりか三月のはじめくらいまでに、加入の申し込みをしましょう」

貿易の事務は煩雑なので、自分たちでも品物を輸入するなら協会に加入したほうがいい。

「その頃なら運航の目途も立っているし、『穀物新聞社』以外の新聞社は荷馬車組合との更新を終えているでしょう？」

「そうだね。少し手続きが遅れても、ドラゴン便を就航させてから輸入品の取り扱いを始めてもいいわけだし」

今はとにかく、発着地の準備を進めることが最優先だ。

「とりあえず、エスコラからの輸入品にはどんなものがあるのか、街に戻ってもう一度よく見てみましょうか」

精密な細工の宝飾品や機械時計、ランプや秤などが多く、王都よりも安価で売られていることは確認済みだが、さらに詳しく調査しておきたい。

具体的に何があり、品質がどの程度で、価格はいくらなのかを見て回ろうと思った。

　街に戻ると、四つ辻近くの馬車だまりに馬車を預けて通りに出た。カンボン通りの大きな店から見て回り、その後は一つ裏道にある中規模の店を一軒一軒見て回った。

「エスコラからの輸入品は王都より安いけど、食品や生活用品の値段はあまり変わらないのね」

「この価格だと、周囲の村の人には手が出ないんじゃないかな」

　寂れた村々と老人の姿が目に浮かんだ。

「こういう輸入品を運ぶのもいいけど、他にも何かないかしら」

「何か？」

「バルテで作られた、バルテならではの特産品になりそうな何かがあればいいんだけど……」

　輸入品の売買は、商人たちが儲かるだけでバルテの領民には恩恵が少ない。ドラゴン便でアンジェリクたちが利益を上げ、税を軽くし、領地の整備もきちんとすれば、それはそれでいいのかもしれないが……。

「全体としては、バルテの運営はうまくいってる気がするわ。でも、一人ひとりの人たちは、今のままで幸せなのかしら」

「そうだなぁ」

　ドラゴン便の準備を先に進めなければいけないのはわかっている。だが、老人しかいない集落の様子が、どうにも気になって仕方なかった。

「もう一度、どこかで時間を作って、周辺の村を見て回りたいわ……」

「きみは、仕事を見つける天才だね」

「あら、嫌？」

「まさか。僕にはそこまで思いつかないなと思って。でも、きみの言うことが正しいのはわかる。思いついたなら、やろう。僕たちは領主なんだから」

あれこれ話しながら歩いていると、正面から見覚えのある二人連れが近づいてくるのが目に入った。背の高い黒髪の女性と眼鏡をかけた地味な女性の二人組である。

「あら？　あれは、ブリアン夫人とカトリーヌかしら？」

なぜこんなところに？　と思っている間に、むこうもこちらに気がついたようだ。

「あら、まあ。アンジェリク。この前、王都で会ったばかりなのに、偶然が続くわね」

夫人も驚いている。よもや、国の端っこのバルテ郡で知り合いに会うとは思わなかったのだろう。

夫人とセルジュが顔を合わせるのは初めてなので、簡単に紹介する。

「夫のセルジュ・バルニエ・ボルテール伯爵です。こちらはアデール・ブリアン先生」

カトリーヌも紹介する。今は一介の侍女だが、もともとはアンジェリクたちの従姉妹であることと、シャルロットの姉であることも言い添えた。

前にも少し話したので覚えているはずだ。セルジュはやたらと記憶力がいい。

カトリーヌのほうはセルジュを見てぽかんと口を開けていた。しげしげと、というかかなりじっくりとセルジュの顔を眺め、「近くで見ると、いちだんと美形ですねぇ……」と言ってえへへと笑う。

「本人に向かってそういうことを言うのはやめなさい」

ブリアン夫人がすかさずぴしゃりと窘めた。

「先生は、こちらで、何をなさっているんですか？」

「取材みたいなものね。カトリーヌがエスコラの演劇にハマっていて、次は是非、エスコラの話を書けっていうものだから」

「すっごくカッコいいのよ」

カトリーヌがずずいと前に出て、眼鏡の奥の目をキラキラさせながら、物語の見どころをあれこれと語り始める。内容をまとめると、スィブールに眠る伝説の宝を探す勇者の物語らしかった。ロマンス要素も満載らしく、王都の若い女性の間でも流行り始めているとかいないとか……。

「特に主人公たちのドレスが素敵なの」

そう言って、自分のドレスを広げて見せる。ブリアン夫人のドレスも手で示した。

二人はエスコラ風のドレスを身に着けていた。バルテの街中で何度か見かけた厚ぼったい生地のしっかりしたドレスだ。

「私が縫ったのよ」

カトリーヌが言い、ブリアン夫人も「なかなか機能的だし、着やすくていいわよ」と言う。

「王都で着るには個性が強すぎるけど、ここなら同じようなドレスの人も見かけますからね。思い切って私も着てみたの」

上下が別々に分かれていて、ボタンが上着の前側に並んでいる。ちょっと男性用の上着に作りが似ているが、ウエストのあたりがきゅっと細く絞ってあるのでエレガントな印象だ。

「素敵ですね」

アンジェリクは素直に褒めた。

（この形のドレスなら、一人でも着られそう……）

エスコラ熱が高じたカトリーヌが古着屋で仕入れてきたドレスを参考にして縫ったらしい。少しアレンジしてあるのか、実用性が前面に出ている本物のエスコラのドレスよりも洒落ている。

「こういうドレス、王都でも流行らないかしら」

何気なく呟いたが、「無理でしょうね」とブリアン夫人は笑う。

「厚手のウールは使用人の服のようで、貴族の令嬢や夫人には好まれないと思いますよ。あの方たちは身分や作法にうるさいですからね。シルクか、せいぜいモスリンしか着ないでしょう」

社交の場ではシルクのドレスが主流だし、若い令嬢の普段着に真っ白で襞の多いモスリンや花模様のものが流行っているが、ウールはやはり庶民の服の印象が強い。

「しっかりしていて機能的なのに」

カトリーヌが言うが、ブリアン夫人は首を振る。

「だからこそ、使用人のドレスに使われているのですよ」

「マントやコートはウールですよ」

「あれは防寒着ですもの」

ドレスには、繊細な布地が好まれるのだと繰り返した。

「取材には、エスコラまで行かれるのですか」

セルジュが聞いた。

「そのつもりだったのですけど、急に警備が強化されて、どうしようかと迷っているところなの」

それでさっきからカトリーヌと言い合いになっているのだと夫人は言った。

「この子は、なんとしてでもエスコラに行くと言うんですけど、仕事もありますから、予定通り王都に戻れなくなるのは困るのよ」

「なぜ、急に警備が強化されたんですか？」

「なんでも、近いうちにエスコラのウリヤス王がアルカン王国にいらっしゃるらしくて……」

「エスコラ王が……？」

なんのためにと眉根を寄せるセルジュに、ブリアン夫人は「別に、なんのためでもないでしょう」と言う。

「ここしばらくエスコラのケスキナルカウス家とわがアルカン王国のセナンクール家の間には、行き来がありませんでしたからね。そろそろ一度、顔を合わせておいたほうがいいと、お考えになったのですよ」

平和が続いているホゼー世界ではあるが、定期的にお互いの腹の中を探っておくのは、王たちの大事な仕事だと夫人は言う。

「万が一にも、戦争なんてものは起こしてほしくないですからね」

7　プールの『こども園』

「バルテ湖がいい目印になりますね」

　翌日迎えに来たジャンは、ややほっとしたように言った。

　セルジュとジャンが城の裏手の草地を一回りして、おおよその発着地の場所も決めた。

「ルフォールの準備が整い次第、エミールに来てもらってバルテの準備にも取り掛かってもらおう」

　合間には通常便の運航もしているので、みんな忙しい。

「新人たちの様子はどうだい？」

「いい感じです。バルトはああ見えて、けっこう面倒見もいいですね」

　相変わらず、ただやって見せて「やれ」と言うだけらしい。ただ、うまくできない者がいると何度でも黙って手本を見せるのだという。

「身体で覚えさせて、理屈は後回しなんです。でも、みんなすっかり形になってきました。人数が多い分、仕事を覚えてもらうと楽です」

「ふうん。よかったね」

なんだかフクザツそうなセルジュであった。何はともあれ、地上係員のレベルが上がっているのは好ましい。

バルトを除いたベテラン四人をルフォールとバルテに二人ずつ配置することになっている。この調子なら大丈夫そうだ。

「じゃあ、地上係員のみんなも、そろそろ馬で移動してもらおう」

ベテラン勢四人は、現在、ワロキエで業務に当たっている。王国軍出身の三人がワロキエに到着次第、いったんブールに戻り、体勢を整えてからルフォールとバルテに向かってもらう。

コスティもブールに戻るので、フクロウ便はモンタン家のものを使うことにした。

ブールに残り、通常のブール・ヴィニョア便を担当するのは、ライダーのユーグとギー、コスティの三人だ。地上係員はダニエルをはじめとした新人たちとバルトだけである。

若干、不安だったが、ダニエルと一緒に来た五人と王都で採用した四人、全部で十人いる新人たちが順調に仕事を覚えているなら、人員的にもなんとかなりそうだ。

この調子なら、王都採用組の四人は近いうちにボルテール邸に行ってもらえるかもしれない。王都の発着地を自前のスタッフで回せれば、費用の負担が減るし、今回のように内々に進めたい事案が発生した場合、情報漏洩のリスクを減らせる。

（みんな、残ってくれそうで、本当によかったわ）

まだまだ人は足りないので、いずれはルフォールやバルテでも募集をかけたい。

（カジミールとの約束があるから、まだできないけど、ヴィニョアのサマン農場で手伝ってくれてるような、荷物の積み下ろしをしてくれるだけの人も募集したいのよね……)

ドラゴンの近くで作業をすることが怖くない、肝の据わった人材が欲しい。

発着所の業務はドラゴンの世話だけではない。荷物の積み下ろしは昇降装置を使ってもかなりの重労働である。地上係員二人とライダー一人で一つの発着所を回すのはキツイのだ。

門番や事務員も欲しい。こちらは一般的な仕事なので、条件がよければ見つかるだろう。

(ワロキエだけでも、先に募集をかけてもいいかもしれないわ)

やることはまだたくさんあるが、発着地の場所を決め、積荷の種類と運搬経路についての検討を済ませた。今、できることはやったと思う。

ここから先の工事に関しては、エリクとジャン、エミールに任せればいい。

(ブールに戻ったら、今のうちに、領地内の仕事も片付けておかなくちゃ)

出発の準備を整えながら頭の中であれこれ考えた。やることは山積みだが、それでも、ひとまず一段落だ。カジミールと約束した二月末日までは、ブールの仕事に専念しよう。

久しぶりにゆっくりとルイーズの顔も見られそうだ。

(ルー、大きくなったでしょうね……)

子どもの成長はビックリするくらい早い。

アンジェリクが知らない間に寝返りをうつことを覚え、いつの間にか身体を起こして座ることができるようになっていた。この前会った時は、おもちゃを摑む力が強くて驚いた。

本当はもっとたくさん、一つひとつの出来事に立ち会いたい。今はそれも叶わないけれど、せめて、彼女が健やかで幸福であるようにと願う。

◇　◇　◇

ブール城に戻り、いくつかの仕事を片付けてから子ども部屋に行った。ララの腕に抱かれたルイーズと、すぐ隣のベッドですやすや寝ているララの赤ちゃんのリラを眺めて、ほっと息を吐く。

「可愛いわね」

ララは目元だけを微笑ませて頷く。

ララはルイーズが眠ったのを確かめて、もう一つのベッドに彼女をそっと下ろした。ルイーズはそのまますやすやと寝息を立てはじめる。

なんだかプロの技を感じる。

「ねえ、ララ。このお城にも、小さい子がだいぶ増えたわね」

ルイーズとリラの他に、ジャンとアンナの間に小さい娘が二人、バルトの娘のマリーもいるし、バルトとローズの間にはもうすぐ二人目の赤ちゃんが生まれる。

他にも、王都から来た人たちの家族の中に小さい子どもが何人かいる。

「そうですね」

ベッドからゆっくり離れながらララが返事をした時、ララとアンジェリクのためにセロー夫人がお茶を運んできた。

「お城にも『こども園』を作ろうかしら」

小さな子どもを預かる保育施設と学校を合わせた『こども園』を領地内の各所に作っている。ちょっとした集落になりつつあるブール城にも、一つあってもいいかもしれない。

「素敵なお考えですわ」

ララが嬉しそうに目を輝かせ、セロー夫人も「いいですね」と頷いた。だが、「ルーも一緒にみてもらいましょう」と言うと、夫人はとたんに渋い顔になった。

「ルイーズ様はボルテール伯爵家の第一令嬢ですよ。そのような育て方をなさるのは、どうかと思います」

「でも、ルーはそのうち、嫌でも王都に行って、学園に通わされるのよ。小さいうちくらい、のびのびさせてもいい気がするわ」

セロー夫人は「旦那様にもお聞きになってください」と言った。

言いながらも、あのセルジュがダメだと言うはずがないとわかっているらしく、「私は、一応、反対しましたからね」と続けて、部屋を出て行った。

「セロー夫人があぁ言うのはわかっていたわ」

アンジェリクはにこりと笑った。悪気がないのも知っている。彼女はとても常識的なのだ。

「でも、きっと楽しいわ。お城の中に『こども園』があれば、みんなが働きやすくなるし、大きな子どもたちも遠くの学校まで行かなくても勉強ができる」

さっそくセルジュに話して準備を始めた。

エミールたちがルフォールとバルテに発着所を作っている間に、以前、城や厩舎の補修を頼んだソヌラの大工を呼んで、空き家を改装して保育所兼学校である『こども園』を作ってもらうことにした。建物の改装が一週間ほどで終わると、ブールに戻っていたジャンを捕まえて聞いた。

「ジャンのお母さんて、確か学校の先生をしてたのよね」

「ああ、はい」

ブールが荒れていた頃、教えていた学校が閉鎖になってしまって、今は仕方なく家にいるという。ジャンの家まで一緒に行き、『こども園』の先生をしてもらえないかと頼むと、ジャンの母、コレット夫人は「また子どもたちと勉強できるなんて、とても嬉しいです」と言い、喜んで引き受けてくれた。

小さな集落と、ぽつりぽつりとしか立っていない周辺の家から集まる子どもはそんなに多くはなかったが、少なくもなかった。様々な年齢の子どもがいて、学校が遠くてなかなか通い切れない子どももいたので、『こども園』ができると、とても喜んだ。

セロー夫人の二人の娘たちも『こども園』で学ぶことになり、畑を人に貸して、一家で城の集落に移ってきた。セロー夫人は家族と同じ家に住み、そこから仕事に通うようになった。

二月の半ばを迎える頃には、ブール城の『こども園』はすっかり賑やかになっていた。子どもを持つ母親たちの交流の場になり、なんだかんだ言いつつも、ルイーズもそこに加わっている。

ダニエルとともに王都から来たばかりのララには知り合いがいなかったのだが、『こども園』に行くようになって、知り合いが増えたと喜んでいる。ララに限らず、急に慣れない土地に移ってきた者は多かった。大人たちにとっても『こども園』は役に立ったようだった。

アンジェリクはセルジュとともに領地内を回り、他の地区にも『こども園』や『治療院』などの施設の建設を進めた。

「できる時にできることをどんどんやって、みんなの暮らしをよくしてゆかなくちゃ」

ヴィニョア・ブール便とワロキエ便の定期運航が順調で、気持ちや懐具合にちょっと余裕があるのが嬉しい。

アンジェリクのファンシーな馬車の御者台に並んで座り、あちこち回っているうちに、カジミールと約束した二月末日が迫ってきた。

無事に二月末を迎えられれば、気持ちにはもっと余裕ができる。発着地を完成させて、四月からの新聞輸送を実現できれば、懐具合にもだいぶ余裕ができる。

お肉も買える。

「頑張りましょうね、旦那様」


一通り領地内を回り終えたある日、セルジュと並んで『こども園』に向かって歩いていた。

「発着地、間に合うかしら」

「工事は順調みたいだし、大丈夫じゃないかな」

ワロキエの桟橋も完成したらしいとセルジュが続ける。

「無事に発着所を河川港の近くに移したって、エミールから手紙が来てた」

「これで、牛たちが安心してくれるといいわね」

「事務員と警備員も採用できたって」

「ポリーヌが面接したのよね」

「うん」

面接には王国軍組とエマも同席して、みんなの意見を聞いた上でポリーヌ自身が採用を決めたらしい。

「頑張ってるわね」

「たいしたもんだよ。エミールも感心してた」

「それで、エミールは、今どこにいるの？」

「あちこち飛び回ってるみたいだよ。ジャンやエリクやポリーヌに乗せてもらって」

もしかすると、ドラゴンに乗るのが楽しいのかもしれないなとセルジュが笑う。

「かなり気に入ってたから」

「ブールには、いつ戻るのかしら」

「最初の段取りが済んだら戻ることになってるけど、案外、全部の工事が終わるまでドラゴンで飛び回るつもりかも」

「エミールがそれでいいのなら、そうしてもらえると助かるわね」

ともあれ、各地ともうまくいっているようでよかった。

集落の中ほどにある『こども園』に入っていくと、庭で小さな子どもたちを遊ばせながら話に花を咲かせていた女たちが慌てた様子で頭を下げる。

「あ、旦那様、奥様」

建物の中では乳児たちが眠り、年長の子どもたちが読み書きや計算の勉強をしているようだった。

「ルイーズ様と赤ちゃんたちは中に……」

「ちょっと様子を見に来ただけ。勝手に見て回るから、そのままでいいわよ」

軽く声をかけて庭を見回した。バルトの娘で五歳になるマリーの姿が目に入った。近づくと、冷たい水の中に花びらを入れてかき混ぜている。

「マリー、何をしているの？」

「おみずに、いろをつけてるの」

ブールはまだ花が咲く気温ではないが、ワロキエ便で運ぶ花の中から、売り物にならない傷花や箱の中に落ちた花びらを、時々、王都から戻るドラゴンが運んでくるのだと、女たちの一人が教えた。

マリーより少し大きい女の子たちも、花びらで色水を作って、その中に古布をいれたり紙をひたしたりして遊んでいる。

「みて。ピンクいろ」

「わあ、ほんとだぁ」

「わたしのは、あおよ」

「きれい」

男の子たちは梯子のある台に登ったり降りたりしながら、枯葉を詰めた木箱をロープで下に降ろしたり持ち上げたりしていた。

「どらごんびんの、にもつです」

「はい。ゆっくりおろしてください」

「だいじなものですから、ていねいにおねがいします」

聞こえてくる会話に、セルジュと二人、思わず頬を緩めた。

8　エスコラ王とイルマリ・リンドロース

　二月の終わりまであと数日となったある日、王都から手紙が届いた。フクロウ便やドラゴン便のついでではなく、王宮の職員が専用の馬車に乗って持ってきた。

　王家の紋章の他になにやら物々しい飾りが付いた封筒の中に入っていたのは、晩餐会の招待状だった。封筒の表には『セルジュ・バルニエ・ボルテール伯爵、並びにアンジェリク・モンタン・ボルテール令夫人』と書かれている。

　前回の内輪の晩餐会の時とは、だいぶ様子が違う。なんというか、とても「正式」な印象だ。

「何かしら」

　セルジュが封を開けて、中身を取り出した。手紙が一通添えられている。

　まわりくどい言い回しのうやうやしすぎる文章の内容を要約すると、来る二月末日、王都にエスコラの王、ウリヤス・ケスキナルカウス・エスコラ陛下が来訪する。その際に開かれる二回の晩餐会のうち、最初に開かれる小さいほうの晩餐会に出席されたし、ということのようだった。

「近々、エスコラ王がいらっしゃるっていう話は本当だったのね」

「でも、その晩餐会に僕たちが招かれるのは、どうしてだろう」

二日目の夜の大きいほうの晩餐会には五大公爵家の当主夫妻他、大貴族のお歴々などが招かれるらしい。どうやらそちらがメインのようだ。

エスコラの王を招いての正式な晩餐会に辺境の貧乏伯爵家であるボルテール家が招かれないのはわかる。だが、前日にわざわざ小さい晩餐会を開き、そこに来いと言ってくるのはなぜだろう。

「どういうこと？」

困惑する。

王の招待を断ると言う選択肢は最初からないので、職員には謹んで出席する旨を伝えた。

その職員が帰っていくのを見送っていると、モンタン家のフクロウ便が飛んできた。届いたのは父たちからの手紙で、これもセルジュが開いて目を通す。

「最初の夜の晩餐会に、うちの父と、アンジェリクの父上、ドノン公爵も出席するらしい」

「お父様たちと、ドノン公爵？」

なんで、あの人まで……。

「王室からは、王と王妃、ウリヤス王ご夫妻、それに……、イルマリ・リンドロース？」

「イルマリ・リンドロース？　その人って、確か……」

「うん。僕の恩師で、エスコラの王立ドラゴン研究所の所長をしている……」

「そのイルマリ所長が一緒なの？　いったい、どういうこと？」

ますます意味が分からない。

「なんだか、あんまりいい話じゃなさそうな気がするな……」

青い瞳に影が落ちる。

「コスティのことを頼まれた時、所長から、妙なことを言われたんだ」

「妙なこと？」

「ホゼー世界でドラゴンと生きるのは簡単なことではない、みたいなこと……」

どこか念を押すように言われたのだと言う。

「エスコラが、国外の人間にドラゴンを見せないのは、人がドラゴンを恐れるからではないのだとも言っていた……」

「ドラゴンたちも、人間を怖がるってこと？」

「そういうことでもなかったように思う」

「何か、学問的な理由があるということかしら？」

エスコラは学問の国で、スィブールに伝わる不思議な力について独自の研究をしている。精密で狂いのない時計や秤などの製造技術に、その研究成果が活かされていることは有名だ。

そして、ドラゴンの飼育も、その研究の一環として行われてきた。

「前にユーグが、コスティはドノン公爵に脅されて言うことを聞いてたんだって言ってたよね」

「ええ」

「どういうことで脅されていたんだろう」

セルジュの顔が、いつになく曇ってゆく。

「そのことが、今度の晩餐会と関係あると思うの？」

「わからない。でも、あの顔ぶれなら、きっと話はドラゴンのことだ」

「ドラゴン便のことで、何か言われるってこと？」

ドラゴンの存在は、つい最近まで「伝説」にすぎなかった。

だが、去年の夏、アンジェリクたちがドラゴン便を始めたことで、ドラゴンはホゼー世界に実在する生き物になった。エスコラにとって、それが問題だったのだろうか。

「ドラゴン便をやめろって言われるのかしら」

困る。

今、やめろと言われても、とてもやめるわけにはいかない。借金はあるし、投資もしまくっている。カジミールとの約束もある。この先自分たちの領地を運営していくためにも、ドラゴン便は絶対に必要なものだ。

それに、ドラゴンやドラゴン使いたちのことも心配だ。

「ドラゴン便はマクシミリアン陛下が認めた事業だ。他国の王が、いきなりやめろとは言えないと思う。ただ、もしもラッセとサリをエスコラに返せと言われたら……」

ラッセとサリは、セルジュがエスコラの王立ドラゴン研究所から、十年という期限付きで借りているドラゴンだ。期限はまだ先だが、何らかの理由をつけて返せと言われる可能性はあるという。

「オニキスはただ預かっているだけだし」

オニキスの所属先は今もエスコラの王立ドラゴン研究所だ。

「三匹を連れていかれたら、とても新しい便を始めることはできないよ」

今ある便を続けることも難しいだろう。新聞輸送の計画も、当然水の泡だ。それ以上に……。

（あの子たちと、離れたくない……）

「セルジュ、エスコラのウリヤス陛下は、本当にドラゴン便を止めてほしいんだと思う？」

「わからない。でも、始める時に、イルマリ所長に伺いを立てなかったのはまずかった」

「でも、あの時は、そんな余裕なかったわ」

マクシミリアン王の要請に応えて臨時便を就航するだけで精一杯だった。一度、飛んでしまってからは既成事実化してしまい、改めて許可を取るにはタイミングがわからなくなっていた。

「ホゼー世界でドラゴンを扱うなら、イルマリ・リンドロースの許可は絶対だったのに……」

わざわざ晩餐会に呼ばれたからには、ドラゴン便を始めたこととエスコラ王の来訪は無関係ではないだろうとセルジュは繰り返す。

「エスコラ王とイルマリに反対されたら、ドラゴン便を続けるのは難しい」

顔から血の気が失せてゆくのがわかった。

「でも、ここで考えていてもどうにもならない。王都に行って、話を聞いてこよう」

「ええ」

どのみち、晩餐会には出席しなければならない。

何も知らないドニが、食卓にドーンと肉を出した。

「最近、ドラゴン便の売り上げが好調なようなので、奥様にお肉をお出しするようにと、エミールからのことづけがあったんです」

にこにこ笑う大柄な料理長に罪はない。

「ありがとう、ドニ」

無理に笑ってみたが、とても食欲がわかない。

昨日までなら、きっと美味しく食べられたのだろうと思うと、ジュウジュウと音を立て、キラキラ光る肉汁をほとばしらせている塊が、人生のはかなさを象徴しているかのように見えた。

夕方、セルジュとアンジェリクはユーグとコスティを事務所に呼んで、ドノン公爵からどんなことで脅されていたのか聞いた。

二人は無言だった。

ユーグはいつも無言だが、いつもはそれなりにしゃべるコスティも無言。

長い沈黙が流れた後で、コスティは『本当に、旦那様は何もご存じないのですか』と聞いた。

『何も、とは……？』

眉根を寄せて言葉に詰まったセルジュに、コスティは『はあっ』と深いため息を吐いた。

『その無駄にキレイな顔、その顔で、なんでわからないかなぁ』

顔のよさがどう関係するのだと、アンジェリクは困惑した。

だが、思えばコスティもユーグもとても端整な顔立ちをしている。美形にしかわからない秘密が何かあるのだろうか。

困惑は深まるばかりだった。

『だいたい、エスコラの……』

何か言いかけたコスティだったが、きょとんとした目を向けているセルジュの顔を見ると、なぜかもう一度『はあっ』とため息をつき、『知らないなら、知らないほうがいい』という謎の言葉を残して、ユーグを連れて出て行ってしまった。

後に残されたアンジェリクとセルジュは途方に暮れるしかなかった。

（なんていうか、あの二人って、言いたくないことは絶対に言わない感じがすごいのよ……）

貴重な肉を前に、アンジェリク自身も「はあっ」と深いため息を吐いた。

「奥様、どうかなさいましたか」

人手不足の折、自ら給仕の役目もこなすドニが心配そうに聞く。

「大丈夫。なんでもないの。ちょっと食欲が……」

「え……っ」

ドニはなぜか目を輝かせて、急にソワソワとあたりを見回し始めた。

「ドニ、忙しかったら、他のことをしていていいわよ。私、せっかくだけど、今日はもう休むから」

「わかりました！」

妙に元気に答えるドニと、アンジェリクに負けないくらいどんよりとした顔で肉をつついているセルジュを残して食堂を後にした。

晩餐会は三日後だ。ドラゴンで行くことを前提にした日程である。

だとしたら、ドラゴンに乗ることそのものを否定しているわけではないのかもしれない。少しだけ明るい可能性を考える。

いずれにしても、明日には準備をして王都に向かわなければならない。

いったいどんな話が待っているのか、目を閉じても不安が消えることはなかった。

「アンジェリク。もう寝ちゃった？」

心配そうな声でセルジュが聞いた。

「起きてるわ」

ベッドが軽く沈んで隣に夫が滑り込んできた。毎日一緒に寝ていても、最近は疲れてばかりでキスしかしていない。

ぎゅっと抱きしめられて、心細いのにドキドキした。背中を撫でられて、アンジェリクもセルジュの背中に腕を回した。

「大丈夫だよ」

おでこにキスをされて軽く笑う。

「大丈夫だ」

「ええ」

この人と自分は夫婦なのだとしみじみ思った。

不安や苦労を分かち合い、喜びを共にする。不安は半分に、喜びは二倍に。

「愛しているよ、アンジェリク」

「私もよ……」

通常のブール・ヴィニョア便で王都に向かった。担当したのはオニキスとコスティだ。

「イルマリ・リンドロースが王都に来ているんですか」

白い息を吐きながらコスティが聞いた。

「そうだよ。よく知ってるね」

「オウルが……」

言いかけて、黙った。

「オウル？　ああ、所長のフクロウがきみのところに来たのか」

「ええ」

「僕のところには来なかったぞ」

ちょっと拗ねたようにセルジュが言う。

「旦那様は、これからあの人と会うんでしょう」

どこか呆れたようにコスティは言った。

「うん。羨ましいかい？」

「別に」

　エスコラの王立ドラゴン研究所の所長は、研究員たちから好かれているらしい。

「所長のオウル？　ドラゴン研究所の所長さんから、フクロウ便で手紙が来たってこと？」

　アンジェリクの問いに、「フクロウ便のフクロウとは違うフクロウだよ」とセルジュが言った。

「イルマリ所長は自分のフクロウを持っているんだ」

　モンタン家がフクロウ便を始める前から使っていると言う。

「フクロウ便は、お父様が最初に考えたんじゃなかったの？」

「どっちかって言うと、どこかで所長のフクロウを見て始めたのかも」

　イルマリ所長のフクロウは王の書簡を届けることもある。王の重臣であるコルラード・モンタン公爵が、国王マクシミリアンに書簡を届けるフクロウを目にしていても不思議ではないと言う。

「だからって」

　珍しくコスティが会話に加わってきた。

「真似しようと思っても、そうそうできるもんじゃないですよ。独学でフクロウを懐かせたんだとしたら、そっちのほうがすごいです」

「そう言うあなただって、簡単に懐かせてたじゃないの、コスティ」

「ああ、それは……、まあ……」

「フクロウ便を始めるためにフクロウを懐かせるのは、本当に大変だったのよ」

　熟練の訓練士の技が必要だし、手間や時間もかかる。フクロウ便があれほど便利だと知られていながら誰も真似をしないのは、手間と値段を比べたら、モンタン家のフクロウ便を頼んだほうが楽だと誰もが考えるからだ。

そのくらい大変なのだ。なのに。

「どうして、あなたやユーグには簡単にできるの？　そっちのほうが不思議だわ。何か特別な才能でもあるのかしら」

コスティはスッと視線を逸らし、オニキスの飛翔に集中し始めた。

（あら……？　話題にしたくなさそう？　気のせい？）

ドラゴンを操るには、時々、気合を入れて集中しなければいけない時があるようだから、気のせいかもしれない。

（まあ、いいけど）

オニキスは順調に王都を目指して飛んでいる。コスティの意図を正確に理解しているのだとわかる。

しばらくするとセルジュが聞いた。

「それで、所長はなんて言ってた？」

「別に何も」

ただ、王都に来ると書いてあっただけだとコスティは答えた。

「ふうん」

テニエ山脈を越えると、雲の下に大きな郭壁を持つ街が見えてきた。王都だ。

「今日くらいから、王都採用組がボルテール発着所の作業に加わるんだったわね」

一月に採用した四人が馬車で王都に向かっていた。そろそろ王都に着いている頃だろう。

王都採用組はドノン家からの三人と、飛び入りで面接に参加したドナシアン・ボキューズという男で、全員、王都に家族がいる。予定より早く王都に戻れると知って喜んでいた。

ドナシアンはドラゴンに乗りたいと言っている、貴重なライダー候補だ。バルトと同年代で、どことなく雰囲気も似ている。少し頑なな感じがするが、実直で我慢強い。

今はまだ余裕がないが、いずれまたブールに行ってもらい飛行訓練を行う予定だ。

王国軍からの兵士には引き続き地上係員として来てもらうことになっていた。ルフォール便とヴィニョア便が増えることを見越して、今まで通り四名を派遣してもらうよう契約を交わしたばかりだ。ドラゴン便をやめろと言われたら、その支払いも重くのしかかる。

（なんだか、胃が痛いわ……）


翌日は『穀物新聞社』を訪ね、カジミールに会ってドラゴン便の進捗を伝えた。

「ルフォール便もバルテ便も、何事もなければ、予定通り四月の初めに就航できる見込みなのですが……」

セルジュの言葉にカジミールは「それを聞いて安心しました」と嬉しそうに手を叩く。

「先日、『アルカン・ニュース社』と『王都ジャーナル社』が『全国荷馬車組合』との契約を更新したようです。わが社は、更新をしない旨を伝えました。組合の代表はずいぶん驚いていましたね」

「そ、そうですか……」

アンジェリクとセルジュは笑うこともできずに頷くばかりだ。どんよりとした空気を察してカジミールが聞いた。

「どうかしたのですか?」

「実は、明日の夜、国王主催の晩餐会に呼ばれているのです……」

「それは素晴らしい!」

出席者は国王夫妻とエスコラ王国の国王夫妻、自分たちの父でもあるバルニエ公爵とモンタン公爵、そしてドノン公爵夫妻、それに王立ドラゴン研究所のイルマリ・リンドロースだと伝える。

「正式な晩餐会の前に開かれる、ごく内輪の食事会のようです」

「王が二人も参加なさるのに『内輪の食事会』もないでしょう」

カジミールは笑ったが、ひたすらどんよりしているアンジェリクたちを見て、「どういった集まりになるのですか?」と聞いた。

少しの間、言葉を探していたセルジュだが、やがて観念したように口を開く。

「イルマリ所長が同席するからには……、ドラゴンのことで、何か話があるのだと思います」

「つまり、悪い話だということですか?」

「わかりません。ただ、最悪の場合、ドラゴン便に待ったがかかるかもしれません」

「なんですって？」

カジミールの眉と口髭が同時に跳ね上がった。

「それは困る」

「ええ。そうならないことを、僕たちも願っています」

ただ、ドラゴンの話は必ず出るだろうし、ドラゴン便のことにも言及されるはずだと言い添えた。

「伝説の生き物とされてきたドラゴンが、小麦や野菜を積んでホゼー世界の空を飛んでいるのです。そのことをエスコラ王はどうお思いだろうかと考えると……」

「確かに、あまりよくはお思いにならないかもしれませんね」

カジミールも難しい表情になった。

その上、アンジェリクたちはアルカン王国の全土にその飛行範囲を広げようとしている。エスコラ王がそれを知ったらどう思うだろう。

相手は一国の王である。強く反対されて、それに抗うだけの力はアンジェリクたちにはない。

どんよりとした空気がカジミールにも伝染する。

「いずれにしても、明日の晩餐会の後で、もう一度、お話をしに伺いたいと思います。お時間を取っていただけますか」

「もちろんです」

カジミールは神妙な顔で頷く。そして「たいへん言いにくいことですが……」と続ける。

「お話の内容によっては、あなたがたから違約金をいただくことになります」

「はい。承知しています」

そういう契約である。

「……『最悪の場合』ではないことを、祈ります」

「イルマリ所長ってどんな方？」

キリキリと痛む胃をごまかそうと、アンジェリクは努めて明るい声を出した。

父とバルニエ公爵がモンタン家で一番立派な馬車に乗って先に出かけて行った。アンジェリクとセルジュは普段父が使っている二番目にいい馬車に乗って王宮に向かっていた。

「おじいちゃんだよ」

セルジュが答え、なぜかちょっと笑う。

「うちの祖父と同い年だって聞いたから、八十歳くらいかな」

「そんな年で、今も現役の所長さんなの？」

「うん。まあ、あの人はふつうの人とは違うから」

中央の門を潜り、王宮内でも一番奥にある王の私的な宮殿に向かう。二つ目の門の前で馬車を降り、最も格式の高い地区に足を踏み入れた。

二つある晩餐室のうち、小規模な第二晩餐室に通される。

先に到着していた父とバルニエ公爵、ドノン公爵夫妻、それとなぜか、父の手紙には書かれていなかった美しい青年が、それぞれの席に着いていた。

国王夫妻とエスコラ王夫妻はまだ姿を見せていない。

初めて会ったドノン公爵夫人がとんでもない美人で、そのことに驚いていたアンジェリクは、謎の青年の正体について考える機会を逃した。

今夜の晩餐会の席に着くのは、国王夫妻とエスコラ王夫妻、公爵が三人とその令夫人、その他である。その他に分類されるセルジュとアンジェリクは一番下座の離れた席に座らされた。

反対側の端と端。

ボルテール伯爵の夫人として呼ばれているアンジェリクに重要な出番はない。

隣は例の青年だった。彼もおまけのような立ち位置なのだろうかと思いつつ、チラリと様子を覗う。

（誰かしら？）

チラチラと盗み見ていると、向こう端に座るセルジュと青年が軽く笑みを交わした。

（あら、セルジュのお知り合い？）

青年がこちらを向き、にっこりと微笑む。

「はじめまして。セルジュの奥方ですかな」

「はい。アンジェリク・モンタン・ボルテールです」

アンジェリクもにっこり微笑んだ。セルジュの友だちが隣でよかったと、少しほっとしながら……。

「私は、イルマリ・リンドロース。エスコラの王立ドラゴン研究所の所長をしています」

へ？

一瞬、目が点になる。

「イ、イルマ……？」

「イルマリ・リンドロース。エスコラの人名は聞き取りにくいでしょう？」

いやいやいやいやいや。

そこじゃなくて！

「イ、イ、イルマリ・リンドロース所長？　エスコラの王立ドラゴン研究所の？」

「ええ」

「お、おじいちゃんじゃなかったんですか？」

つい大きな声が出てしまった。イルマリは目を瞠り、それからプッと噴き出した。

「なるほど。素直な方だ」

ぽかんと口を開け、目を丸くしているアンジェリクに「セルジュから聞いていた通りだ」と言い、好ましそうな目を向ける。

「大公爵家の令嬢を押し付けられて憂鬱だ、憂鬱だと言っていたのに、あなたに会った後は、思いのほか素直で強くて優しくて、その上たいへん面白い女性で、すっかり夢中になってしまったと何度も惚気(のろけ)る手紙をよこしていましたよ」

「はあ……」

話の内容は嬉しい。とても、嬉しい。

だが、アンジェリクの中ではまだ整理ができていない。とても混乱している。

（どこからどう見ても、私とたいして変わらない年に見えるんですけど……！）

御年八十歳という情報はどこに消えた。

イルマリ・ショックの底知れぬ混乱から抜け出す前に、国王夫妻とエスコラ王夫妻が入室し、なごやかな挨拶を交わしながら席に着いた。

晩餐会の開始である。

「今夜はごく内輪の食事会だ。自由に歓談してほしい」

マクシミリアン王が言い、軽くグラスを掲げて食事が始まる。

運ばれてくる豪華な料理を黙々と口に運びながら、アンジェリクはまだ状況に追い付けていない自分を感じた。

（どういうこと？　それより、エスコラ王とこの人は、私たちに何を言いに来たの？）

イマイチどこに神経を集中すればいいのかわからない。王の晩餐を残すわけにはいかないからと、最近の食欲不振を鑑みてお昼を抜いてきたせいで頭の働きもイマイチだ。

ひとまず食べよう。

（このお肉、美味しいわ）

しばらくして、ようやく心が落ち着いてくる。

「イルマリ。ボルテール家の事業であるドラゴン便について、何か意見はあるか」

唐突にエスコラ王の声が耳に入って、むせそうになった。ナプキンで口元を押さえ、エスコラ王に目を向ける。

ウリヤス・ケスキナルカウス・エスコラ王は、確か御年四十一歳。アルカン王国のマクシミリアン王より十歳ほど若い。灰色の髪と目と威厳のある風格のせいか、もう少し年上に見える。

隣のイルマリよりも四十歳も年下だとは、とても思えない。だが、今、そこはどうでもいい。

イルマリの答えに耳を傾けた。

「ドラゴンを、人間の道具として使うことについてですか？」

「そうだ。非常に危険なことだと、余は思うのだが」

胃がぎゅっと絞られる。さっきまで堪能していた肉が急に鉛の塊に見えてきた。

「そうですね。確かに危険です」

眩暈（めまい）と吐き気が同時に襲ってくるが、必死にこらえて石のように黙っていた。

「ですが」

イルマリは微笑み、かすかに首を傾げた。

「それを言ったら、エスコラで行われている研究は、全て危険なのでは？」

「何？」

「スィブールの力をホゼー世界に持ち込むことは、それ自体が、とても危険なことです」

ウリヤス王は鋭い目でイルマリを睨んだ。

「だからこそ、その研究内容を国の外には出すなと言ったのだ」

「ええ」

「なぜ、ドラゴンを外に出した」

「なぜ……。難しい質問ですね」

イルマリは軽く目を伏せた。

「強いて言えば、サリとラッセが、セルジュと行くことを望んだからでしょうか」

くらくらしながら話を聞いていたアンジェリクは、マクシミリアン王の口の端がわずかに上がったのを見た。

何だろう、と思うが、続く会話の衝撃にそれどころではなくなる。

「わかっているのか、イルマリ。その結果、ドラゴンは馬のように荷箱を積んで空を飛んでいるのだぞ」

「はい。たいそう嬉しそうに飛んでいると聞きました」

「たった半年前には伝説の生き物だったものが……、この春には、アルカン王国の全土を飛び回ると言うではないか」

（え……？）

この春？

ウリヤス王は「この春には」と言わなかったか？　動揺していると、今度ははっきり「近々、バルテとルフォールにも新しいルートが開かれるというではないか」とウリヤス王は続けた。

（どうして、それを……）

心臓が早鐘を打ち始める。セルジュも驚いた顔でウリヤス王を見ている。

イルマリとウリヤス王の会話は続いていた。

「エスコラだけにスィブールの力を集中させること、そのことこそ危険ではないでしょうか」

「イルマリ！　余に意見するのか」

ダン！　とウリヤス王が拳でテーブルを叩いた。

「出過ぎたことを申し上げました」

イルマリが頭を下げる。

「どうか、お赦しください」

しんと場が静まり返る。マクシミリアン王の緑の目に奇妙な光が浮かんでいた。気まずい沈黙の中、父とバルニエ公爵は困惑した顔で視線を泳がせている。

ふいにしゃがれた声が室内に流れた。

「ドラゴンは、美しい」

はい？

小さな驚きとともに、全員が声の主を振り向いた。

（ドノン公爵？）

空気を読まないことにかけては右に出る者はいないと父から聞いている。それを証明するかのように、ビミョーな視線が集まる中、ボドワン・ドノン公爵は切り分けた鴨肉を口に運び、ゆっくりと咀嚼（そしゃく）し始めた。

セルジュの隣でドノン公爵夫人が「はあ……」とこちらにまで聞こえそうな大きなため息を吐いた。直後、チッという舌打ちまで聞こえそうに顔を歪める。夫を見る目が氷のように冷たい。

うわぁ……と引き気味に夫人を見つめていると、なぜか急に体勢を立て直したらしき父とバルニエ公爵が、ドノン公爵の後を引き継ぐように口を開いた。

「ド、ドラゴンは可愛いぞ。な、フェリクス」

「お、おう」

エスコラ王とイルマリ・リンドロースに向かって、それぞれ「我々はドラゴンが大好きである」アピールを始める。

「くっくっく……」

マクシミリアン王の口の端が完全に上がっていた。おかしくてたまらないと言うように緑の目を細める。

「セルジュ、ドラゴン便事業は順調なようだな」

マクシミリアン王の言葉に「おかげさまで」と、どこかほっとしたようにセルジュは答えた。

「ルフォールとバルテにも発着所を作るというのは、本当か」

「えーと……」

「余の耳には入っていないと思うが、どうなのだ」

「あー、その、いずれは……」

「なんだ。歯切れの悪い……。はっきりせんか」

再び額にダラダラと汗を流しつつ、セルジュは「まだ秘密です！」と王に向かってキッパリ言った。

「秘密とはなんだ、秘密とは」

「言いたくなったら言いますから」

「今、言わんか」

「ダメです」

ウリヤス王は苦々しい表情でセルジュと王の会話を聞いている。

ドノン公爵が、再び唐突に「なるほど。そういうことか」と呟いた。

「ボドワン、何か知っているのか」

王の問いさえ華麗にスルーして、ドノン公爵は完全に自分の世界に入り込んでいた。しきりに「なるほどな」と頷く公爵に王がしびれを切らしたように「コルラード！」と父を呼んだ。

「え、私は何も……」

「フェリクス！」

「何も聞いていません！」

父とバルニエ公爵は本当に何も知らないので、曇りなき眼でふるふると首を横に振るだけだ。

王の目がアンジェリクに向く。キッと見つめ返すと、王はかすかに笑い、やたらと大げさなため息を吐いた。

「覚えておれ、反逆者どもめ」

ベアトリス王妃が呆れたように笑い、「そのくらいになさいませ」と王を諌める。「茶番が過ぎますよ」と。王も笑い「まあ、いい」と言って鷹揚に頷いた。

（茶番……？）

ああ、そうかと思った。この王のことだ。本気で調べようと思えば、すぐに調べはつくはずだ。アンジェリクたちがルフォールとバルテに発着地を作っていることなど、とうに知っていたのだろう。

だが、カジミールとの約束はまだ生きている。今夜の十二時を過ぎるまでは、アンジェリクたちの口から言うわけにはいかない。

（ウリヤス王もご存じだったわ）

はっきりと知っていた。

誰がどのようにウリヤス王の耳に入れたのかが気になり、心がざわつく。

そして、それ以上に、ドラゴン便についてウリヤス王が唱えた異議に、心はざわついていた。

セルジュは『ドラゴン便はマクシミリアン陛下が認めた事業だ。他国の王が、いきなりやめろとは言えないと思う』と言っていた。

（陛下は、肯定的だけど……）

マクシミリアン王がダメだと言わない限り、アルカン王国の空を飛ぶことは許されるのだろうが、隣国エスコラとの関係に悪い影響を及ぼすとなると慎重にならざるを得ないのではないか。

ウリヤス王が、おもむろに口を開いた。

「どのようにして、あの大きな生き物を操っている？」

セルジュに聞いているようだが、問いの意味がよくわからなかった。セルジュも不思議そうな顔で曖昧に答える。

「ドラゴンたちは、飛ぶことを楽しんでいますから」

「荷物を運ばせているのだ。自由に飛んでいるわけではないだろう」

ウリヤス王はどこか暗い目をして続ける。

「どうやって、自分たちの望む通りに飛ばせているのかと聞いている」

「彼らは、言葉を理解しています」

「言葉？　言葉だけで操れるとでも？」

「はい」

もちろんだと言わんばかりに、セルジュはにこりと笑って頷いた。

マクシミリアン王がじっと見つめる中、ウリヤス王はイルマリ所長に目を向けた。

「イルマリ、どういうことだ」

「セルジュの言ったままです。ドラゴンは人の言葉を理解します」

「人の……？」

いつの間にかこちらの世界に戻ってきたボドワン・ドノンが、黒い瞳を鋭く光らせてウリヤス王を見た。

なんだろうと思っていると、今度はアンジェリクのほうを見る。

（な、何よ……！）

それから、セルジュの顔、父とバルニエ公爵の顔を一通り見まわし、もう一度アンジェリクを見た。

（なんなのよ！）

挑戦的に睨み返すと、「フン」と鼻を鳴らしてそっぽを向く。

マクシミリアン王がウリヤス王に言った。

「ドラゴン便については、私とアルカン王国が責任を負いましょう」

だから、これ以上の口出しは無用とばかりの言い方だ。

そして、素知らぬ顔で話題を変えた。

「ところで、最近、わが国ではエスコラを舞台にした演劇が人気らしい。エスコラでは、どんなものが流行しているのか、聞かせていただけまいか」

9　ブランカ

晩餐会の料理について、あれが美味しかったとか、なかなか珍しい調理法だったとか楽しそうに話す父とバルニエ公爵を横目に見ながら、モンタン公爵家の食堂で遅い朝食を取っていた。

「私、何を食べたか全然覚えてないわ」

「僕もだよ」

やつれた顔で、セルジュはもそもそとパンを咀嚼している。

「疲れたわ」

「ああ……、ほんとに、疲れた」

王宮から離れに戻ってからも、興奮していてなかなか寝付けなかった。ようやく眠りに就いたものの、泥のように疲れた身体は一晩寝たくらいでは回復しない。

マリーヌとフランシーヌはすでに学園に登校した後で、今回はゆっくり会えなかったなとぼんやり思う。

「あー……」

「疲れたよぉ……」

「でも、ドラゴン便をやめなくてよくて、ほっとしたわ」

「うん」

欠伸(あくび)を嚙み殺しながらちまちまと食事を続けるアンジェリクたちの目の前で、父たちは相変わらず楽しそうに会話を続けている。

「今夜も晩餐会に呼ばれておるな」

「何が出るか楽しみだな」

キャッキャウフフと盛り上がる父たち。

平和だ。

羨ましいくらい、平和である。

セルジュが容赦のないツッコミをバルニエ公爵に入れた。

「父上、ルーが来ているわけでもないのに、なぜずっとこちらに滞在しているのですか」

「む？　いいではないか」

「ちょっと図々しいのでは？」

「おまえに言われたくないわ。わしにバルニエ家に帰れと言うのなら、おまえもボルテール家の屋敷に帰れ」

ぐっと黙り込むセルジュ。

（悔しいわよねぇ……）

そろそろ本気でボルテール家の屋敷のことも考えなくては。

だが、今は新聞輸送の成功が最優先だ。

「カジミールに会ったら、すぐにブールに帰る？」

アンジェリクたちが王都に来たのは月曜日。今日は金曜で、ちょうど昨日の木曜日に次のブール・ヴィニョア便が王都に来ているので、乗って帰ることができる。

王都で荷物を積み込んでから出発するので、今日の昼過ぎぐらいに発着所に行けばいい。

「そうだね」

「うまく行けばポリーヌとブランカにも会えるかしら」

ワロキエ便は火曜日と金曜日に王都に来る。

再びミルクを店頭に並べるようになったこともあり、朝早くにワロキエを出ているので、昼頃には王都に着くはずだ。市場が閉まる直前に届くワロキエのミルクは、それを待って仕入れていく食料品店のおかげであっという間に売り切れるらしい。ありがたいことだ。

「ミルク、アランの合格が出てよかったわ」

「あ、明日は土曜日か。アランの店にクリームケーキが並ぶ日だな」

アンジェリクたちの会話が聞こえたらしく、父がウキウキと「フレデリクに言って買いに行かせねば」などと言い、ソワソワし始める。

バルニエ公爵はにこにこ笑いながら聞いた。

「カジミールのところに寄ると言っていたが、いよいよ新聞の輸送を始めるのか？」

「え……？」

「父上、どうしてそれを……？」

「ん？　そのために、近々ルフォールとバルテにも発着地を開くのだろう？」

「父上、どこでそれを……。カジミールから聞いたんですか？」

「いいや」

バルニエ公爵は首を振る。

「『じゃあ、誰に？』」

アンジェリクとセルジュは同時に聞いた。

バルニエ公爵は驚いた顔で「ドノンだよ」と答えた。昨夜、帰りがけに『ドラゴンで新聞を運ぶのか』と聞かれたのだと言う。

「どうしてあの人が……」

「バルテでおまえたちに会ったと言っていたぞ」

「会いましたけど……。他に何か言ってましたか？」

セルジュの問いに、うーんと腕を組んで宙を睨んでから、「なんだか、なかなかいい考えだとか言って、褒めてたな」とバルニエ公爵は首を傾げつつ言った。

「褒めていた……？」

意味がわからない。

「それより、そんなすごい話、なんで黙っていたんだ」

「新聞こそ、ドラゴン便で運ぶのにふさわしいではないか。よくぞ思いついたな」

父も会話に加わってくる。

「私たちには、もっと早く教えてくれてもよかっただろうに……」

二人して「水臭い」だの「冷たい」だの言いだす。

セルジュが諦めて「カジミールとの約束があったんですよ」と言った。

「新聞輸送に関して『アルカン・ニュース社』と『王都ジャーナル社』が契約更新を済ませるまで、ドラゴン便で新聞を運ぶことは、絶対に外部に漏らさないと約束したんです」

「わしら誰にも言わんのに」

いじいじする父たちに「お父様たちが言わなくても、壁に耳ありって言うでしょう？　全然悪気がなくても誰かが誰かに話してしまうかもしれないいじゃない」と諭すように言った。

「つまらないことで疑いたくないから、時期が来るまで、なるべく人に言わないようにしてたの」

そういうやり方を教えたのは父だと付け加える。

二人は納得したように頷いた。

「おまえたち、ずいぶんしっかりしてきたなぁ」

二月の末を迎えるまでという約束だったのだと教え、カジミールと交わした契約内容をざっと話した。

「よく考えられたいい計画だな」

二人は感心してうんうんと頷く。

「だけど、ドノン公爵はどうして知ってたのかしら」

「エスコラのウリヤス陛下もご存じだった」

セルジュが眉根を寄せる。

「ええ」

新聞輸送にまでは言及していなかったが、ルフォールとバルテに発着地を作り、近々運航を始めることを知っていた。

「ドノン公爵にしても、たんにバルテで会っただけでしょ？　どうしてそこまで詳しくわかったのかしら」

どこかで情報が漏れているのだろうか。だとしたら、いったい、誰が……。

もやもやとした気持ちが湧いてくる。眉間に深い皺が寄る。

「アンジェリク」

セルジュに呼ばれて顔を上げる。いつものように青い瞳が静かに見下ろしていた。

「誰も、疑わなくていい。僕たちの仲間にスパイなんかいないよ」

「セルジュ」

相変わらず無駄に美しい顔だ。言っていることも美しい。だが……。

優しく抱き寄せてくる夫を、アンジェリクはドン！　と突き飛ばした。

「うっ」

「セルジュ、そんな甘いことは言ってられないわ」

「あ、アンジェリク……？」

「スパイがいるなら、とっとと見つけて白状させなきゃ！　じゃないと、これから先、いつどこで邪魔が入るかわからないじゃない」

　ウリヤス王まで登場して、ドラゴン便を止められそうになったのだ。ただでさえ、ドラゴンは恐ろしいと思われがちで、反対運動まで起きたことがある。

「私だって、みんなを疑いたくないわよ。でも、それとこれとは話が別よ！」

「は、はい」

　ドノン公爵に通じていそうな人たち、エスコラにゆかりのある者から調べなければならないだろう。

「すっごく嫌だけど、やらないわけにはいかないわ。まずはドノン家からの転職組と、コスティね。転職組はバルトに言って様子を探ってもらいましょう。コスティのことはあなたが調べて」

　イルマリ・リンドロースから預かった経緯について、「何か裏がないか、もう一度よく確かめるのよ」と強く念を押す。

「アンジェリク、わしらも何か手伝おうか……？」

　父たちが、ちょっと引き気味に申し出る。

「じゃあ、お父様たちにはドノン公爵をお願いするわ。正面からズバッと聞いてちょうだい。どうして私たちの事業計画をあんなによく知っていたのか」

「お、おう」

「わかった」

任せてくれと二人が頷く。

「ドノン公爵と言えば、パトリックも怪しいわよね」

ちゃっかり『穀物新聞社』の記者に納まっているけれど、あの男はドノン家のスパイだったのだ。

今回のことも彼がしゃべったのかもしれない。

パトリックがスパイだったのなら、まだいい。あの男はもともとアンジェリクたちの敵なのだから、裏切られたところで心が痛むこともない。

「とりあえず、カジミールのところに行きましょう」

晩餐会の結果を報告する約束だし、情報が漏れていたことを伝えて謝らなければならない。

「行くわよ、セルジュ」

「はい、ボス！」

さっと立ち上がり、セルジュがアンジェリクをエスコートする。

父たちは、何やら薄い笑いを浮かべ、ひらひらと手を振りながらアンジェリクたちを見送った。


カジミールに会い、晩餐会でのあらましをざっと話した。

マクシミリアン王の擁護（ようご）もあって、ドラゴン便を止めろと言われることはなかった。だが、エスコラのウリヤス王はルフォールとバルテの便が近々就航することを当然のように口にしていたし、ドノン公爵は新聞輸送のことまで知っていたと伝える。

「ルフォールとバルテに発着地を作っていることは、見る人が見ればわかることでしょうから、その辺は仕方ないでしょう。新聞輸送の件は悩ましいですね……」

カジミールは難しい顔になったが、『アルカン・ニュース社』と『王都ジャーナル社』の契約更新も無事に済んでいる。今回は特に問題にするつもりはないと言ってくれた。

「あなたたちが秘密を漏らしていないことは、十分理解していますし」

カジミールは口の端を上げて頷いた。

「伯爵のお父上のバルニエ公爵は『穀物新聞社』の出資者ですから、何度か会合で顔を合わせました。ですが、あの方は全く何も聞いてらっしゃらないようでした。まさか、事業の相談役として誰よりも頼りになる方にも話しておられないとはと、ちょっとビックリしたくらいです」

まわりを驚かせたいので、四月の運航開始まではなるべく秘密にしておきたいが、この先は、周囲に知られてしまうことがあっても構わないと続ける。

「必要な手続きや、領民への説明も進めてください」

「ありがとうございます」

カジミールと握手を交わして『穀物新聞社』を後にした。

「胃に穴が開きそうだったわ」

「僕もだ」

「後は、情報がどうやって漏れたのかを、できるだけ早く確かめたいわね」

「うん」

あ……、と呟いてセルジュが顔を上げた。

「ブランカだ」

「どこ?」

じっと目を凝らして空を見上げていると、西の空で何かがキラリと光る。

「あれかしら」

「うん」

白いドラゴンはほかのドラゴンたちより見つけるのが難しい。最近ようやくアンジェリクにも見つけられるようになった。

小さな光は白い姿になってぐんぐん近づいてくる。

「やっぱり速いわねぇ」

「ブランカとボアは放っておくとすぐにスピードを出しすぎるらしい。よくポリーヌがこぼしているよ」

「飛ぶのが楽しくて仕方ないんでしょうね」

ポリーヌもなんやかんやと言いながら、スピードを出し過ぎるやんちゃなドラゴンたちが愛しくて仕方ないのだろう。

お金のことや領民たちへの責任、ドラゴン便をやめたくない理由はいくらでもある。カジミールとの約束も果たさなければならない。それらは全て逃げることのできない枷(かせ)だ。

けれど、それとは全く別のところで、アンジェリクたちはドラゴン便を止められないだろうと思う。

ドラゴンたちと離れて暮らすことはできないだろうし、彼らにはずっと飛んでいてほしい。あの大きくて美しくて、空を飛ぶのが大好きな可愛い生き物たち。彼らと、ずっと、一緒に飛んでいたいと願わずにいられない。

「ギャオッ」

空の上で短く鳴くブランカの声が聞こえた。はしゃいだような高い声だ。

「僕たちのことがわかったみたいだ」

「行きましょう」

ブランカの姿を目で追いながらボルテール邸の門へと急いだ。


ボルテール伯爵邸の門まで行くと、外の馬車留めに王宮の馬車が一台停まっていた。特別仕様の豪華なものではなく、上級官吏などが仕事で乗っている機能性重視の小型馬車だ。

「誰か来ているのかしら」

不思議に思いながら門を潜る。

ドラゴン厩舎に行くと、セルジュが明るい声を上げた。

「イルマリ先生」

イルマリ・リンドロースが柵の内側に入ってオニキスを撫でている。

（オニキス……？）

イルマリに撫でられているオニキスを見てアンジェリクは目を丸くした。

大きな身体を縮めるようにして、オニキスはイルマリに鼻を突きだしている。グルルと満足そうに喉を鳴らしながら、すりすりと鼻を押し付ける。

（いつもツンツンしてるのに、なんでこんなにデレてるの？）

じーっと見ていると、ふいにアンジェリクに気づいたらしく、オニキスが顔を上げた。そしてスンとすましてそっぽを向いてしまった。

（なんなのかしら）

照れているのか？

「やあ、セルジュ。奥方殿も、ごきげんよう」

ニコニコしながら柵から出てきたイルマリに、慌てて挨拶を返す。

「あ……。ご、ごきげんよう」

（この人、本当に八十歳なの？）

失礼だと思いつつ、ついついじっと顔を見てしまう。ただ若いというだけでなく、セルジュに負けないくらいのとんでもない美形である。

新入りのドナシアンがブランカのための寝藁を運びながら、セルジュに報告する。

「ヴィニョアに運ぶ荷箱が一つ遅れていて、それを待っているところです。昼までには着くと言ってました」

「了解。ご苦労様」

「久しぶりにオニキスに会えたから、荷箱が遅れていてよかった」

イルマリが微笑む。

「セルジュ、きみがノアールの森で保護した子が今から来るそうだね。その子にも会っていいだろうか」

「もちろんです。もう、裏庭に降りて荷を下ろしている頃ですよ」

じきに厩舎に来るはずですと言うと、「それならもう少しここで待たせてもらおう」とイルマリは嬉しそうに言う。

（この人もドラゴンが大好きなのね……）

ブランカのために寝藁をほぐしていたコスティが「あれを見たら、所長は驚くかもな」と、何気ない調子で言った。

ん？　とイルマリが興味深そうに微笑む。

「あれってブランカのこと？　どうして驚くの？　ブランカは、他のドラゴンと何か違うの？」

聞いたのはアンジェリクだ。

「ブランカがって言うか、ブランカとポリーヌが……」

コスティが答え終わる前に「ブランカが来るぞ」と外から声が聞こえた。コスティはピッチフォークを脇に置いて、鞍を外す手伝いをしに厩舎の入り口付近に行ってしまった。

「セルジュ、ブランカとポリーヌって、みんなと違うの？」

「いや。僕にはわからないな……」

「セルジュにもわからないの？」

眉根を寄せるアンジェリクの隣で「どんなドラゴンか楽しみですね」とイルマリが言った。

「この年になっても、まだドラゴンのことで驚くことがあるというのは、嬉しいことです」

ドナシアンたちボルテール家勤務の地上係員とポリーヌ、ポリーヌと一緒にブランカに乗ってきたエマが、ブランカとともに厩舎に入ってくる。

天井から吊り下げた金具やロープを使い、全員総出でブランカの背から大きな鞍を外した。

「ブランカ、お疲れ様」

鞍を外して身軽になったブランカにポリーヌが声をかける。

ブランカはグルルと鳴いて、嬉しそうにポリーヌに鼻を突き出した。

「うんうん。いい子ね。今日もよく頑張ったわね」

ポリーヌに鼻を撫でられて、ブランカは金色の目をうっとりと細めた。そして、グルグル、グルル、とまるで何か話でもするように喉を鳴らし続ける。「そう」とか、「そうなの」と返事をするポリーヌも、ブランカが何を言っているのかわかっているかのようだ。

ひとしきりブランカを撫でると、軽くポンと鼻先を叩く。

「さあ、そろそろあっちに行きましょう。新しい寝藁を敷いてくれてるわよ。美味しいおやつもあげようね」

ポリーヌが言うと、ブランカはさっと立ち上がって移動し始めた。グルル？　と何か尋ねるようにポリーヌを見下ろし、また喉を鳴らす。

「そうよ。お肉と、アズール鉱山の水晶も少しあげる」

「グルルル！」

その鳴き方はほとんど「やったー！」としか聞こえなかった。完全に会話をしている。

「ほぉお。なるほどぉ……」

アンジェリクたちと一緒に様子を覗っていたイルマリが感心したように目を見開いた。

「これは興味深い」

それからセルジュに、「ちょっと頼みがある」と言った。

「おやつの後で、ブランカに話しかけても構わないかな」

「もちろん、構いませんよ」

イルマリは頷き、再びオニキスを撫でるために柵の向こうに行ってしまった。

「どうしてわざわざ聞くのかしら」

「ああ、所長が話しかけるとドラゴンはみんな大人しくなって、なんでも言うことを聞くからね」

「なんでも？」

「うん」

「初めて会ったドラゴンでも？」

ドラゴンはとても警戒心の強い生き物だ。そう簡単に見知らぬ人の言葉に従うとは思えない。

ワロキエでずっと一緒に過ごしているエマでさえ、ブランカが少しも言うことを聞いてくれないと言ってしょっちゅう嘆いている。

　ピッチフォークに手を伸ばしながら、軽い調子でセルジュが言った。

「彼は、エルフだからね」

「エルフって？」

「エルフはエルフだよ。きみも聞いたことがあるだろう？　スィブールに存在した種族の一つだ。エルフには、テイマーの能力が……」

「ちょっと待って。エルフって、本当にいたの？」

　エルフは、神話の世界の種族だ。物語の中にしか存在しない……。

（でも、ドラゴンが実在するんだから、エルフがいてもおかしくないんだわ）

　八十歳という年齢であの姿。

　エルフだと言われれば、逆に理解できる気がする。

「……ドラゴンだけじゃなくて、エルフも実在したのね」

「イルマリ所長は、エルフ族の最後の一人だって言われてる」

「最後の……」

「スィブールには、まだどこかにいるのかもしれないけど、誰もそれを確かめることはできないからね」

　少なくとも、ホゼー世界に残るエルフ族はイルマリ・リンドロースただ一人なのだと言った。

「なんだか孤独ね……」

「それは、どうかな」

背後でどっと笑い声が上がった。

「オニキスのやつ、メロメロだな」

「あんな姿、初めて見た」

地上係員たちが楽しそうにオニキスの寝床を囲んでいる。アンジェリクたちも近づいてみた。

そこには、寝藁の上に寝転がり、いぶし銀のような色の腹を見せている巨大な黒いドラゴンの姿があった。

「オニキス……」

さっきより、さらにデレている。

ぽかんと口を開けたアンジェリクの目の前で、オニキスは仰向けのまま「キュルン」と鳴いた。

イルマリのほうに首を伸ばし、撫でろと言わんばかりに鼻を突きだす。

「今、『キュルン』て鳴いたぞ」

「すげえ」

ドラゴン使いたちが尊敬のまなざしでイルマリを見ている。

「相変わらず、ドラゴンの扱いが上手いな」

コスティが少し呆れたように肩を竦めた。

だが、アンジェリクの姿が目に入ると、オニキスは急に、すっと姿勢を戻して立ち上がった。

（あら？）

イルマリが振り向き、困ったように笑った。

「あなたを警戒していますね」

「え、どうして？　私、何も……」

「嫌っているわけでもなさそうです。なんと言うか……」

ただ少し警戒しているだけだと、イルマリは言う。

「ど、どうしてですか？」

「うーん……。以前、彼らの食べ物を取ったり狙ったりしたことは、ありませんか」

「ないわよ！」

思わず強めに答えてしまった。

「あ……」

セルジュが右手で口元を覆った。

「セルジュ、何か心当たりがあるのですか？」

「あー、そのー……」

セルジュは少し気まずそうにアンジェリクを見て、「彼女がブールに来たばかりの頃……」と、
おそるおそる話し始めた。

「肉を食べさせてやれなくて……」

「肉？」

「ええ。アンジェリクは、肉が好きで……」

「肉……」

イルマリとセルジュにじっと見られて、「何よ」と呟きながら一歩下がる。

「あの頃、確か、サリとラッセに肉をやるのを見て、アンジェリクがよだれを……」

顔から火が出そうになる。

「ちょ、ちょっと待って。よだれなんか垂らしてないわよ！ ひ、人を、食い意地が張ってるみたいに言わないでちょうだい！」

「うん。でも、あれからしばらく、なんだか、きみの姿を見ると急にガツガツ肉を食べだしていた時期が……」

「嘘よ！」

「う、うん。たぶん、気のせいだね……」

「それに、あの頃はまだ、オニキスはいなかったわ！」

そうよ、関係ないじゃない、と胸を張ったアンジェリクだが、イルマリは真顔で「おそらくそれが原因でしょう」と言い出す。

なぜ。

「ボルテール家にいるドラゴンは、一つの群れを形成しています。オニキスのほうが年長ですが、群れのリーダーはラッセとサリなのでしょう。だから、二匹が『気をつけろ』と指示したことは、群れ全体に共有されているんですね」

「ちょっと待ってください。それって、ドラゴンたちはみんな、私のことを、肉を狙う悪者だと思ってるってことですか？」

「うっすらとですが」

にっこりと笑うイルマリ。

うっすらとでも、警戒されているのだ。ショックだ。

「好意は持っているようなので、疑っているのは、おそらくその部分だけです。そんなに気にしなくても大丈夫ですよ」

（気にするわよ……）

ずーんと落ち込みながら、オニキスの柵を離れてブランカの柵のほうに近づいていった。

ポリーヌからおやつ用の肉をもらっていたブランカが、アンジェリクを見ると、はっとしたように顔を上げ、肉を隠すようにして背中を向けた。

「あ……」

「やっぱり」

セルジュとイルマリが離れたところで薄い笑いを浮かべていた。アンジェリクは黙って落ち込みに耐えた。

おやつを食べ終わるのを待って、イルマリが「ブランカ」と声をかけた。ブランカはピクリと耳を動かして、イルマリのほうをじっと見る。

「おいで」

寝藁から立ち上がり、素直に近づいてゆく。

イルマリはブランカの翼をちょっと見ただけで「この子は翼を怪我したことがあるのか」と言った。セルジュが王都での出来事をざっと話す。

「もっと小さい時だ」

「ノアールの森で保護した時にも、怪我をしていました」

セルジュの話を聞き、イルマリはブランカの顔をじっと見た。

「その痛みを知っていて、なお、二度目の怪我に耐えたのか」

偉いな、と言ってブランカの鼻先を撫でる。

ポリーヌと一緒におやつの片づけをしていたエマがイルマリのほうを見た。ブランカはイルマリの手に鼻を押し付けている。

「どうして?」

エマが立ち止まって呟く。

「会ったばかりの人が、どうしてブランカを撫でられるの?」

自分はまだ、ポリーヌが近くにいる時しか触らせてもらえないのにと悔しそうに続ける。

「ズルいわ」

「どうしたの?」

桶を置いて戻ってきたポリーヌが、エマに聞いた。

「ブランカが……」

「ブランカ、ダメよ。こっちにおいで」

「ブランカ、そのままここにいなさい」

ポリーヌとイルマリが同時に別々のことを命じた。

ブランカは迷うそぶりも見せずに、弾むような足取りでポリーヌのところに戻ってきた。イルマリは驚いた様子でそれを見ている。

「グルル？」

「まだ、遊べない。お片付けが終わってからね」

頷くようにポリーヌを見下ろすブランカと、母親か姉のような目で大きな生き物を見上げている少女を、イルマリはどこか呆然とした顔で見ている。

「ビックリしただろ」

コスティが笑う。

「あのドラゴンは、俺や旦那様の言うことよりも、あのポリーヌっていうチビの言うことを優先して聞くんだ」

「彼女もテイマーなのか」

「ただの人間だよ。ドラゴンが大好きなだけの」

ふつうの人間だ、とコスティは言った。どこにでもいる、ごくふつうの人間だと。

「王族や貴族でもないし、高い教育を受けているわけでもない。プールの貧しい家で育った平民で、早くに親を亡くしている。特別なものは何も持っていない。もちろん、テイマーなんかじゃない」

「それでも、私やきみたちよりも、ブランカに対して強い影響力を持っているというのか」

「信じられないだろ？」

イルマリは黙って何かを考えていた。コスティがどこか勝ち誇ったように続ける。

「ポリーヌとブランカはちょっと特別かもしれないけどさ、ここでは、だいたいあんな感じでやってるよ。それぞれ自分でドラゴンを懐かせてる。ドラゴンたちは、みんなよく言うことを聞くよ」

「セルジュが間に入らなくてもか」

「ああ」

馬や驢馬（ろば）と変わらない。そう言って、コスティは笑う。

「エルフだけがドラゴンを扱えるわけじゃないんだ」

イルマリは深く頷いた。

「ウリヤス陛下に、そうお伝えしておこう」


遅れていた荷物が届き、王都からの少ない積み荷をドラゴン使いたちがオニキスの背に積み込み始めた。

「私もそろそろ王宮に戻らねば」

イルマリが言った。

「お話しできてよかったです」

「昨夜の晩餐会では席が離れていたからね」

「イルマリ先生、ウリヤス陛下にドラゴン便のことを伝えたのは先生ですか？」

唐突にセルジュが聞いた。

イルマリは「なぜ、そんなことを聞くんだい？」と不思議そうな顔をした。

「僕たちは、新しいルートの運航計画を誰にも話していないんです。ある人との約束があって、秘密にしていました」

「ああ、そうだったのか。それで……」

マクシミリアン王に聞かれて言葉を濁していた理由がわかったと言って笑う。

「先生、どうしてウリヤス王がお知りになったのか、知りたいんです。僕たちが秘密にしていたことを、誰が、どのようにして、陛下にお伝えしたのかを……」

「なるほど」

イルマリはコスティに目をやる。コスティはオニキスの背に乗り、荷物の状態を確認している。

イルマリの視線に気づくと「何か？」と問うような顔をした。

イルマリは「なんでもない」と言うように軽く首を振った。

「セルジュ、コスティをきみに預けたのは、きみたちの動きを監視するためだ。そう言ったら、きみは驚くかね？」

「先生、それは……」

驚くに決まっている。というか、やはりそうだったのかと、アンジェリクは身構えた。

イルマリは「ウリヤス陛下からはそのように命じられている」と続けた。

「では、コスティが……」

「そうではない」

イルマリは首を振る。

「陛下にはそう命じられたが、私はコスティにそれを望んでいないし、何も頼まなかった。コスティは、オニキスを研究所内に閉じ込めるのを嫌ってエスコラに来ることを拒んでいた。だから、きみのところに行かせたのだ」

ドラゴンは一匹だけでいるとあまり長生きしない。ノアールの森で暮らすうちに仲間が見つかることを期待していたが、なかなか難しそうだった。野生に戻すことも考えたが、オニキスがコスティと離れたがらなかったのだと続ける。

「それならブールに預けるのが一番いいだろうと、私が勝手に判断した。一応、コスティには聞いてみたがね」

ウリヤス王には、ただブールに行かせたことだけ伝えたという。

「それでよかったのですか」

「嘘は言っていない」

「先生は……、エスコラで行われている研究に、反対なのですか？」

「またしても、難しい質問だ」

イルマリは苦笑し、顔の前で指を組んだ。

「セルジュ、ウリヤス陛下と一緒に、私がこの国に呼ばれた理由がわかるかね？」

「ドラゴン便について、何か意見を言うためですか……？　僕は、先生にドラゴン便のことを相談しませんでした」

「言いたいことがあるなら、手紙を書けば済むことだ。私が禁じていたら、きみはドラゴン便を始めたりしなかっただろう？」

事業の途中であっても、手紙一つで、とりあえずは立ち止まったはずだとイルマリは言う。

「自分で言うのもなんだが、ホゼー世界では、ドラゴンを取り巻く全てにおいて、私の影響力は絶対だからね」

「ええ。その通りです」

セルジュは少し笑う。

「ルフォール便とバルテ便のことを、ウリヤス陛下に伝えたのは、マクシミリアン国王陛下だよ」

「え……？」

イルマリの言葉にセルジュだけでなくアンジェリクも息をのんだ。

「アルカン王国国王マクシミリアン陛下、あの方の手の者が伝えてきた。私たちがこの国を訪ねることになったのは、おそらく、あの方の策略だ」

イルマリは目を閉じ「あの方は、恐ろしく頭の切れるお方のようだね」と続けた。

無意識に頷いていた。

イルマリの言う通り、国王マクシミリアン・セナンクールはとんでもなく頭が切れる。常に先の先まで状況を読んでいるし、表面の穏やかさとは裏腹に、どこまでも底知れぬところがある。

本当は恐ろしい人なのだと思う。

だが、アンジェリクは王を心から尊敬していた。

(陛下は誰よりも多くの時間を国民のために使っているわ)

マクシミリアン・セナンクールの行動の全ては、常に国民を思ってのものだということを、アンジェリクは知っていた。

「エスコラだけにスィブールの力を集中させるのは危険なことだ。そのことを、私の口からウリヤス陛下に言わせたかったのだと思う。そのために、わざわざご自身が同席するという状況を作り、きみたちも同席させて、ウリヤス陛下が物申したくなるように仕向けたわけだ」

「僕たちも、そのために呼ばれたと言うのですか？」

「他にどんな理由があるんだい？」

「ドラゴン便に待ったをかけるためだと……」

「さっき、話したではないか。そんなことは、手紙で伝えれば済むことだ。それをしなかったのだから、私とマクシミリアン陛下が、きみたちの事業を認めていることくらいわかりそうなものだが……」

おっしゃる通りです、と心の中でイルマリの言葉を噛み締める。

(でも、もしも止められたら……って思ったら、やっぱり焦るわよ！　私たちには、後がないんですもの……)

イルマリが「さっきの質問だが……」と続ける。

「エスコラで行われているスィブールに関する研究に、私は反対なのかときみは聞いたね」

「はい」

「エスコラは食料資源の乏しい国だということは知ってるね？」

「ええ」

かつてエスコラはホゼー世界の中で最も貧しく、厳しい暮らしを送る弱小国だった。エスコラが他国と対等に渡り合うためには、学問や技術に頼るしかなかったのだとイルマリは言う。

「エスコラの技術を支えているのは、スィブールに伝わる力の研究だ。スィブールの技術を使うと言葉で言うのは簡単だが、エスコラの民は長い年月をかけノアールの森を超えてスィブールに入り、力を手に入れてきた。詳しくは言えないが、ゴブリンやエルフといった、ホゼー世界では物語の中でしか出会えない種族の、秘伝の技も研究している。どれもホゼー世界には存在しない力だ。そして、その力によって、今のエスコラ王国はホゼー世界の中で最も力のある大国の一つになった」

ドラゴンの研究もその中の一つなのだとイルマリは続ける。

「エスコラの国策によって、ドラゴンは長らく伝説上の生き物とされてきた。だが、エスコラ王国内に実在することは、他国の王族クラスの人間には知られていた」

エスコラの王立ドラゴン研究所が、世間で言われているような『神殿』などではないことも、彼らは知っていた。

「……というか、知られるように仕向けていたのだ。当然、マクシミリアン王も知っていたはずだ」

「そんなそぶりは少しも見せませんでしたよ？　僕がエスコラに行きたいと言ったら、自分も興味がある、面白そうだから行って来いと言いましたが、それきり何も聞かれませんでした……」

セルジュが眉根を寄せる。

「セルジュ、きみを私のもとへ送り込んできたのも、あの方の策の一環だったのだよ」

「なんですって？」

セルジュが目を見開くが、イルマリは「さすがに、今のような形になることまでは想像していなかったと思うがね」などと呑気に続ける。

「なにしろドラゴン便などというものは私でも思いつかなかった」

「ちょっと待ってください。陛下が僕を送り込んだって、どういうことですか？」

「あの方はドラゴンが実在するのなら、エスコラ王国一国が独占すべきではないとお考えになったのだ。だから、きみを私に預けたのだよ」

エスコラの実情を探り、ドラゴンの存在を確かめるために。

「そんな……。僕は、陛下が推薦状を書いてくれたのは、僕の熱意や努力を認めてくれたからだと思っていました」

そうではなかったのかと、セルジュは表情を曇らせた。

「話を戻そう」

イルマリが静かに言った。

「スィブールの研究をすることについてだが、私は危険なことだと考えている。ホゼー世界には存在しない力を利用するのだ。使い方を誤れば、世界全体に影響を及ぼす」

一方で、エスコラにとって、必要なものだということも理解していると言う。

「一概に、反対だと言い切ることは難しい」

だから、マクシミリアン王の策に乗ることにしたのだと言った。

「スィブールの力や技も、ドラゴンも、それを使うのなら、エスコラ一国が独占すべきではない。特にドラゴンは……。理由は、わかるね？」

セルジュは視線を落とした。

「兵力として利用した場合、ですか……」

「そう。彼らは桁違いに強い」

「だから、陛下は、アルカン王国でもドラゴンを所有することを望んだ」

イルマリが頷く。

「それを全て承知の上で、先生はサリとラッセを僕に託したのですか？　つまり、僕が先生の信頼を得たからではなかったということですか？」

「セルジュ」

「僕は、とんでもない思い上がりをしていたんですね。てっきり、陛下に好かれているんだと己惚れて……、あなたに認めてもらえたのだと得意になって……」

すっかり勘違いしていたと言って、セルジュはひどく傷ついた顔をした。

「セルジュ、落ち着きなさい」

「落ち着いています。ちょっと、ショックだっただけです」

珍しく余裕のない顔で、セルジュは大きく首を振った。

「晩餐の席でも言ったはずだ。ラッセたちを連れて行かせたのは、彼らがそれを望んだからだ。そして、その望みを叶えてやれるくらい、私はきみを信頼していた」

「でも、それだけが理由ではなかったということですね」

イルマリは軽く息を吐き「物事には『流れ』というものがある」と言った。

「きみがエスコラに来ることを望んだのも、母上のご不幸でアルカン王国に戻ることになったのも、ラッセたちがきみを慕って一緒に行きたがったのも、流れだったのだと、私は思っている」

それは「導き」あるいは「運命」と言い換えることもできる。その流れなり運命なりに、マクシミリアン王もイルマリも乗ることを選んだのだと言った。

「セルジュ、きみを利用したわけではない」

イルマリの言葉にセルジュは頷かなかった。いつものほほんとしていて、どこか余裕のある、ぼんぼん気質のセルジュにしては、この頑なさは珍しい。

(でも、無理もないわ。一番の支えだったんですものね……)

大公爵家の次男として何不自由なく暮らしてきた人が、単身エスコラに行き、王立ドラゴン研究所の門を叩いてドラゴン使いの見習いになった。

ただ、ドラゴンが好きだというだけで……。

きっと、ポリーヌのように泣くのを我慢して頑張ったのだろう。十六歳のセルジュを想像し、少し不憫(ふびん)で、同時に愛しくなる。

キツイ労働に耐え、たくさん努力を重ねて、イルマリの信頼を得た。その結果、サリとラッセを託された。そう信じて疑わなかったのだ。

アンジェリクと初めて会った日、とても誇らしげに、そのことを語っていた。

それらが全部、王とイルマリの手のひらの上で転がされていたと知ったのだ。

（キツイわね……）

甲斐性なしと言われるよりも、ポンコツ扱いされるよりも、キツイ。

（どうしたものかしら）

どんよりと落ち込むセルジュと困惑気味のイルマリが醸し出すビミョーな空気が辺りを包む。さすがのアンジェリクも、今度ばかりは鬱陶しいと突き放す気にはなれなかった。

途方に暮れていると、積み込みを終えたコスティが走ってきて「準備完了です」と報告した。

「いつでも出発できます」

イルマリがコスティに微笑んだ。

「だいぶ慣れたようだね」

「まあ、それなりに」

コスティが口の端を上げる。

「コスティ。あのポリーヌという子は、とても素敵な子だね。きみとは仲がいいの？」

「は？　全然！」

「特別な子ではない？」

「だから、全然！　誰が、あんなクソ生意気なガキ……」

「ほう」

「にやにやすんなよ。あいつはチビのくせに、めちゃくちゃ力があるし、でかいおっさんに怒鳴られても平気で言い返すし、暇さえあればそのへんを掃除してまわってるし、色気のいの字もないガキンチョなんだよ。このコスティ様が相手にするわけ……」

　にんまりと目を細めるイルマリと、いつになく素の表情でしゃべるコスティを見比べ、ずいぶん仲がいいのねぇと思う。

（セルジュには敬語で話すのに、イルマリ所長にはタメ口なのね）

「だから、にやにやするな！」

　キレ気味のコスティを「どうどう」とイルマリが宥める。

「俺はもう行くからな！」

「コスティ、ブランカのこと、とても勉強になった。ありがとう」

　コスティは軽く顔をしかめただけで、足早にオニキスのほうへ戻っていった。

「セルジュ、ドラゴン便だが……」

　まだしょんぼりしているセルジュに、イルマリは「楽しみにしている」と穏やかな笑みを浮かべて言った。

「そんなことを言っていいんですか？　ウリヤス王に聞かれたら……」

「あの方もわかっておられるよ。ドラゴンはもう伝説の生き物ではなくなったのだ。あの方にはあの方の立場があって、ああ言うしかなかったのだよ。そして、ホゼー世界がドラゴンのいる世界になった以上、この先の世界の在り方を考えるのがあの方の仕事だ。それをお手伝いするのが私の仕事だよ」

イルマリは「ドラゴン便を楽しみにしている」と繰り返した。

「オニキスもブランカも、とても嬉しそうだった。彼らは、きみたちと働くことを誇りに思っている。サリやラッセも、きっとそうなのだろう」

ようやく顔を上げたセルジュに、イルマリは大きく頷いた。

「楽しみにしている。きみはきみのやるべきことを、やるんだよ」

10　バルテの村

「僕はまだショックから立ち直れない……」

ブールに戻り、『ボルテール・ドラゴン便商会』の事務所で今後の計画をまとめていると、突然セルジュが机につっぷし、大きなため息を吐いた。

今日はこれで三度目だ。いい加減、シャキッとしろと心中で思う。

「国王陛下は僕をなんだと思ってるんだろう」

「コマね」

「アンジェリク！」

「冗談よ」

涙目になる夫を適当に宥める。

「大丈夫よ。私がついてるわ。あなたが顔だけの人ではないことは、私がちゃんと知ってる。自信を持ってちょうだい」

「うん……」

まだどんよりしている。

（しょうがないわねぇ）

「セルジュも知ってるでしょ？　マクシミリアン陛下は冷徹なだけの方ではないわ。ただ、私たちより、一枚も二枚も三枚も四枚も、なんなら百枚くらい上手だというだけのことよ」

しょぼんとうなだれる夫に「だって、国王なのよ」と諭す。

「私たちが領地のことであれこれ悩んでいる間に、その何倍もの広さと国土と何十倍もの国民たちのために働いてらっしゃるの。陛下がデキる人なのは幸せなことよ。めちゃくちゃ賢い王に恵まれて、私たちはとてもラッキーなのよ」

熱く弁を振るってみた。

「そうか、そうだね」

「コマになるくらい、どうってことないわよ」

「う、うん……」

「それに、ともかく、陛下とイルマリ所長はドラゴン便に賛成みたいだし。それがわかっただけでもよかったじゃない」

「うん」

イルマリの話はセルジュにとってはショックだったかもしれないが、全体的には実のあるものだった。

「そういえば、ウリヤス王にドラゴン便のことを話したのは、陛下だったんだね。コスティがスパイじゃなくてよかったよ」

「そうね。でも、陛下には誰が教えたのかしら」

知ろうと思えばいくらでも手はあるのだろうけれど。

「やっぱり、王国軍からの転職組かしら……」

本気でポリーヌを慕って来てくれたのだと信じたいけれど、国でもトップクラスのエリート職である王国軍兵士の座を捨ててまで、ドラゴン使いになりたいと思うだろうか。

勇気も能力もある彼らが、その勇気と能力を活かすために志願してくれたのなら嬉しい。そうとも思えるし、王の命を受けてアンジェリクたちの懐に入り込んできたようにも思える。

「王国軍転職組の中にスパイがいたとしたら、僕たちにはどうすることもできないかもなぁ」

「そうね……」

王の手の者だとしたら、超一流の専門職である。

「事務職員や警備員の中にいても、わからないかもしれないね」

「ええ」

結局、王の目の届かないところで何かをするのは難しいということだ。「口は出さないが管理はキッチリ」というのはセナンクール家の十八番である。

「反対されていないのなら、陛下のことは考えなくていいのかもしれないな。むしろ応援してくださってるみたいだし」

「ドノン公爵が知ってたのも気になるわ」

「あの人も、陛下から聞いたんじゃないかな」

「そうかしら」

父たちも知らなかったのにと眉根を寄せたが、「父上たちは、とっくに知っていると思われたんだよ」と言われると、そんな気もしてきた。

「いずれにしても、カジミールとの約束の期間は無事に過ぎた。これからのことを考えよう」

ようやくセルジュもシャキッとしてきた。ああ、よかった。

「エミールからの報告によれば、ルフォールとバルテの発着地はもうすぐ完成するらしい。ワロキエのミルクも本格的に輸送を再開したし……」

「アランの店も好調みたいよ」

「そろそろ発着地の周りの人に話をしに行こうか」

ルフォールの漁業関係者と契約をしたり、バルテの貿易商協会に届けを出したり、やることは多い。

「また忙しくなるわね」

「いつも忙しいけどね」

頑張りましょう、と言うとにこりと笑って頷く。なんだかもう大丈夫そうだわと思った。

昼食の後、運動を兼ねて、『こども園』に行くことにした。

「ルーは起きてるかな」

「どうかしら」

小さな集落の真ん中に、これまた小さな建物があり、小さな人たちが、その庭を駆け回っていた。

「ララ」

バルトの奥さんのローズ、ジャンの奥さんのアンナと一緒に、ルイーズを抱っこしたまま子どもたちを見ているララに声をかける。

「奥様」

三人が一斉にベンチから立ち上がった。

「寒くないの？」

「昼間はだいぶ日差しが暖かくなりましたから」

ララの娘のリラはアンナが抱いていた。ルイーズとリラは暖かそうなおくるみに包まれてうとうとと眠っている。

「ちょうどお乳を飲んだばかりで……」

「眠っているところも可愛いわ。ね、セルジュ」

「うん」

いつにも増してへらへらの笑顔でセルジュはルイーズを眺めている。アンジェリクもそっと覗き込んだ。

やわらかそうな睫毛を見ているだけでも気持ちが癒される。子どもは偉大だ。

「ジャンから聞いたんですけど、今度から発着所でも荷物を保管するんですね」

盗難などは大丈夫だろうかとアンナが聞いた。

「最近は、荷馬車での輸送中に物が紛失したり、破損したりすることが多いって聞きました」

そう言ったのはローズだ。ドラゴン使いの奥さんたちの中には、兄弟姉妹が『荷馬車組合』の荷馬車で働いている者もいるらしく、その人たちから聞いたのだと教えてくれた。

「物騒だわねって話していたところなんです」。

「でも、考えてみたら、ドラゴンで飛んでいるところから物を盗むのなんて無理ですね」

三人がコロコロと笑う。

「飛行中は無理だけど、発着所には警備の人を置くことにしたの。ワロキエには警備の人がいるわ」

ポリーヌが面接して採用したのだと教えた。

王都のボルテール邸の発着所の出入り口にも警備の者を置いている。ルフォールとバルテでも、近々、募集を始める予定だ。

「そういえば、エドガールはバルテの出身なんですってね」

「あ、はい」

ローズが頷く。王都に来てから知り合ったので、ローズ自身はバルテに行ったことはないらしい。

「ご両親も亡くなっていましたし」

「バルト……、エドガールって、前からあんなに無口なの？」

「え？」

ローズがきょとんとする。

「彼、無口ですか？」

「「無口でしょ！」」

ララとアンナとアンジェリクが口を揃える。ローズは急にくすくす笑い始めた。

「あの人がしゃべらないのは、王都で警備兵をしていた時に、意地の悪い上司に訛りを笑われたからなんです。家ではふつうにしゃべります」

「「え、そうなの？」」

また声を揃えてしまった。バルトが家ではしゃべっているということが、にわかには信じられない。

「訛りも、今はそんなにないんです。でも、なんだかしゃべらない人っていうイメージができちゃって、しゃべれなくなっているみたいです」

「えー」

「そうだったのー」

だったらもっとしゃべればいいのにとアンナとララが口を揃える。私はどっちでもいいわとアンジェリクは思った。バルトと話すことは特にない。

三人とたわいないおしゃべりをしながら、こども園の様子を見ていた。

今日も男の子たちは「ドラゴン便ごっこ」に夢中だし、マリーと少し年長の女の子たちは花染めを楽しんでいる。

（花染め……。そうだわ）

ふいに閃いた。

（いいかもしれないわ）

同時にフランシーヌと、その婚約者で第三王子でもあるクロードとの色気のない会話を思い出した。

（とてもいいわ。王都に行った時に、あの方に会えるかしら）

植物学を師事したアカデミアの教授。彼はいつもあちこち出かけていて留守がちだ。もし会えなくても、フランシーヌとクロードに聞けばおおよそのことがわかるだろう。

さらに、バルテで会ったカトリーヌの姿が目に浮かんだ。

頭の中で、あれこれ計画が出来上がり始める。

「アンジェリク、僕は、ドラゴンのところに行ってるよ」

なんとなく居心地悪そうに女たちの話を聞いていたセルジュが、もごもご言いながら立ち去ろうとする。

「あの……」

ローズがセルジュを呼び留めた。

「エドガールが、少しお話ししたいことがあるようなんです」

「バルトが？」

「以前、何か頼まれていたとかで、今日のお昼にでも本館の事務所に伺いたいと言っていました」

「わかった。僕の方から聞いてみるよ」

スパイの件だとピンときた。

「私も行くわ」

「ゆっくりしててもいいのに」

「大丈夫よ」

世間話をしたら、いい気分転換になった。いい考えも浮かんだ。

「じゃあ、ララ。みんなも、ルーと子どもたちをお願いね」

「はい、奥様」

頑張ってくださいね、と明るく見送られて気持ちが和む。


だが、ビビとボアを丘で遊ばせているバルトを呼んで話をすると、和んだばかりの気持ちが急にピリピリし始めた。

思った通り、スパイとしてアヤシイ人物についての報告だったからだ。

「ドナシアンが？」

「あいつは、バルテの出身だ」

気づいたことがあれば言うように言われていて、黙っているわけにもいかないから言うのだと、いかつい顔をさらにいかつく歪ませてバルトは言った。

告げ口する自分が嫌で嫌でたまらないという様子だ。

「どうしてわかったの？」

「言葉だ」

かすかな訛りがあって、わかったのだそうだ。ドナシアンに訛りなどあっただろうかと思い、同じ土地の出身者ならではだと、なにやら感心した。

「ドナシアンの出身地ってどこなの？」

「王都だよ。そう聞いた」

セルジュが答え、バルトも頷く。出身地を隠していることも気になったらしい。

言うべきかどうか、ずいぶん葛藤したようだ。自分を責めている気配が全身に漂っている。

バルトの性格からして、仲間を売るようなことはしたくなかったのだろう。一方で、アンジェリクに対する義理もあるので、板挟みだったのだ。

（なんだか、悪いことをしたわ）

嫌な役目を頼んでしまった。

「よく話してくれた。後のことは、僕たちに任せてくれ」

セルジュが言い、バルトは丘の上に戻っていった。

「ドナシアンか……」

ふうっとセルジュが息を吐いた。

「飛び入りで面接に来た人ね」

「新人たちの中でも特によく働くって、ジャンが褒めてたよ。ちょうど入ったばかりの頃のバルトみたいだって……」

　無駄口を叩かず黙々と身体を動かしているという。

「ライダーを志望している貴重な人材でもあるんだけどな……」

「彼が、陛下かドノン公爵に情報を流していたのかしら」

「まだわからないよ」

「でも、出身がバルテだってことを隠していたんでしょ」

　紹介状もなく、突然、面接に参加したことも気になる。

「一応、頭に入れておきましょう」

「うん……」

　セルジュはしぶしぶ頷いた。


　三月も半ばを迎えようとしていた。

　週に一度、日曜日になるとドラゴンとライダーたちはブールに戻ってくる。

　ドラゴンたちを散歩に連れ出しながら、ワロキエの花がいっそう色鮮やかになったとポリーヌとエマが言い、ルフォールはもう春だとエリクが言った。

「バルテは、まだ冬だ」

ジャンも口を開く。

「バルテ湖があるからまだマシなんだろうけど、なんならブールより寒いかもしれん」

「国中に発着地ができると、こんな話でも盛り上がるのね」

なかなか興味深く、みんなの話を聞いたのだった。

ブールもだいぶ日が長くなっていた。

まだ空が暮れ切る前に、アンジェリクはセルジュと二人で夕食のテーブルに着いた。

「あら、お肉！」

久々に肉料理が並ぶテーブルを前に、アンジェリクはキラキラと目を輝かせた。それを見ていたセロー夫人は、なぜか怪訝な顔になって料理長を呼んだ。

「ドニ……」

「マダム・セロー……」

「あなたの勘違いだったということ？」

「そのようです。旦那様からのリクエストでお出ししましたが、ご覧のご様子で……」

ここそこ会話を交わす二人に、アンジェリクはにっこり笑いかけた。

「みんなにもたくさん食べさせてね！　これから忙しくなるわよ。バリバリ働くためにも、もりもり食べておかなくちゃね！」

セロー夫人は「まあ、お元気そうで、何よりですよ」と言って、別の仕事に戻っていった。こども園の手伝いもあるので、サラとセロー夫人は以前より忙しい。

セロー夫人の後を追いながら、「後ほどお手伝いに参ります」と言うサラに、アンジェリクは自信たっぷりに「大丈夫よ」と返事をする。

「今日の着替えは自分でできるから」

なんとも誇らしい気持ちである。自分でドレスを着られることが、これほど自由で清々しいことだったとは！

アンジェリクはカトリーヌに頼んでエスコラ風のドレスを一枚縫ってもらったのだった。地味な色合いのウールのドレスだが、ブールで働く間は、これで十分だ。着替えも一人でできる。

ドレスを見た時、セロー夫人は「使用人のようで、感心しない」と難色を示した。だが、そのへんも織り込み済みである。この侍女は常に一般的な常識人としての意見を言ってくれる。それは、とてもありがたいことなのだ。

それに、口ではああ言っていても、本気で反対しているわけではないのも知っている。

馬車の御者台にセルジュと並んで乗ることも、ドラゴンに乗ってあちこち移動することも、「感心しない」と言いながら、支度が必要になればテキパキと手を貸してくれる。ルイーズを『こども園』に行かせることにも反対していたが、始まってみれば、ララのために支度を手伝っているらしい。

誰よりも頼れる侍女なのだ。

大好きなお肉をしっかりと食べながら、信頼できる使用人がいてくれることのありがたさを噛みしめた。同時に、ドナシアンを疑わなければならないことに心が痛む。

（仕方がないわ）

諦めて、直近の計画をセルジュと確認した。

「明日はバルテに行って『エスコラ貿易商協会』に登録してくるのね」

国と国とをまたいだ商取引には関税がかかる。領地ごとに必要な通行税とは違い、かなり複雑なものだ。国の何ヶ所かに専門の窓口があり、一つ一つの品目ごとに計算する。

各地に置かれた貿易商協会に登録することで、それらの事務手続きを簡略化することができた。登録は各地の窓口で行うので、エスコラと貿易する場合はバルテに行く必要がある。

アルムガルトとの貿易はモンタン公爵家の交易船が行っているので、アンジェリクたちにとっては、登録そのものが初めてだ。

「登録に行くのはいいんだけど、『エスコラ貿易商協会』って、あの人が理事をしてるのよね」

ドノン公爵。

一月の視察の際に、カンボン地区の建物の前で『全国荷馬車組合』と『大街道宿場町組合』の代表とかいう男たちと一緒にいるところに出くわした。不愉快な態度を取られたことを思い出して、気持ちがムカムカし始める。

しかめっ面になるアンジェリクに「いつもバルテにいるわけじゃないと思うよ」と、ちょっと呆れた声でセルジュが言った。

「忙しい人なんだから」

「それもそうね」

嫌な人だが、あれでも国の重鎮だ。五大公爵家と呼ばれる家の当主で、御前会議と王立議会のメンバーでもある。父たちと同じくらい忙しい。

いない可能性のほうが高い。そう思うと気が楽になった。

「セルジュ、バルテに行ったら、また近くの村に行って、ちょっと様子を見てきてもいいかしら？」

「村に？　いいけど？」

「何ヶ所か回りたいの」

「うん」

不思議そうな顔をするセルジュににっこり微笑む。

「登録が済んだら、ルフォールもバルテも昇降装置の設置は済んで、厩舎も完成間近だ。今回も時間とお金の都合から、廃墟を利用した例のアレな感じのスタイルになってしまったが、ワロキエや王都の厩舎とともに、いずれ綺麗で立派なものに建て替えたい。

「新聞以外の積み荷の契約がまとまれば、もういつでも運航できるね」

積み荷の契約は大事だ。

人員の確保と並んで大事である。再びセルジュとアンジェリクの出番である。

バルテとルフォールで『ボルテール・ドラゴン便商会』が扱う品物を決め、一定量を確保できるよう生産者や代理業者と直接契約を結ぶのだ。

価格交渉も重要で、相手に損をさせてもいけないし、自分たちが損をしてもいけない。一番の儲けどころでもあるので、利益を出すことも重要だ。お互いに満足できる適切な価格を決め、長く取引をしてもらうのが肝だ。

「ルフォールにも『漁業組合』があったね。エルー農場の市場にあがる魚の他にどのくらいの量を王都に運べるか計算して、組合の人とも相談してみよう」

「王都で人気が出すぎると、品薄になるかもしれないものね」

「本当に、そんなに売れるかな」

「売れるわよ」

◇◇◇

月曜日、ジャンと一緒にバルテに向かった。

バルテには地上係員やジャンのための宿舎もできて、係員たちが常駐するようになっていた。今回からは、サリとジャンも完成間近の厩舎に泊まる。

発着所に着いてサリから降りると、ジャンたちと別れてバルテ城まで歩いた。さほど距離はないのだが、吹きすさぶ風のせいで身体の芯まで凍えそうだ。

「もしかしてブールより寒いんじゃない？」

「この風は、ちょっとキツイなぁ」

ガタガタ震えながら城に入ると、バルテ城を預かるバルト夫婦はなんでもないように「もうすぐ春が来る標(しるし)でさあ」と笑った。

風が吹くたびに少しずつ暖かくなるのだという。

温かいココアをもらって一息つき、軽い昼食を取った後、セルジュと二人で馬車に乗り、カンボン地区の『エスコラ貿易商協会』に向かった。

ドノン公爵はいなかった。

「嫌な人に会わなくて済んで、本当によかったわ」

率直な気持ちを口にすると、「アンジェリク。きみ、ドノン公爵に対して、少し礼儀を欠きすぎじゃないかい？」とセルジュが呆れた様子で言った。

「そう？」

確かにそうかもしれない。

（でも、今は嫌な人に気を使う余裕がないのよ）

そう自分で自分に言い訳をする。

「とりあえず、大事な仕事が一つ片付いたわ」

「明日は、近くの村を回るんだったね」

「ええ。その前にジャンに木箱を運んでもらわなきゃ」

今回、ポリーヌとジャンに頼んで、マリーたちが色染めに使っていたような傷んだ花を木箱に詰めて運んできた。

フランシーヌと何度か手紙のやり取りをして、植物染めの際に使う色留め用の金属の特徴も聞いてある。

父から譲り受けた資料を読み込み、バルテのあちこちでアルー石が取れることも摑んだ。あの白っぽい岩がそれだ。

アルー石はフランシーヌとクロードが話していた色留め用の金属を含む石で、フランシーヌの手紙によると、鉄よりも明るい発色になるらしい。

バルテ近隣の村の中には、今も羊を飼い、ウールの生産を行っている村がいくつかあった。染色の技術を持っている集落もまだ残っている。

その村々に花を詰めた木箱を運び、ウールを染めてみてほしいと頼むつもりだった。

（一緒に作業する時間が取れないのは残念だけど……）

翌日は、木箱を積んだ荷馬車に乗ってセルジュと一緒に村を回った。

「エスコラのドレスを着ていると、荷馬車に乗っていてもなんだか馴染むわね」

「馴染み過ぎじゃないかな。セロー夫人が見たら、卒倒しそうだよ」

「うふふ」

「うふふって……」

呆れるセルジュといくつかの村を訪ねた。

「奥方様……？」

村の人たちもちょっと動揺していた。「公爵令嬢だったお方と聞いただが」「んだな」などと囁き合い、疑わしそうにこちらを見ている。

「染色に詳しい人はいる？」

長老風の老婆と、何人かの女の人が呼ばれてきた。染色の仕事は、主に女性が担っているようだ。

年寄りばかりかと思った村にも、セロー夫人くらいの年代の人はいて、老婆と一緒に話を聞いていた。

「その、アルー石てのを取ってくるだすな？」

それは自分たちが引き受けると、周りの男たちが言う。アンジェリクが説明した特徴の石に心当たりがあると言う。

「その石を粉にひいて、鉄粉のかわりに色留めにしてみて。それと、草木の代わりにこの花を使ってほしいの」

木箱から取り出した袋を開いて中の花を見せる。

「おお、きれえな色だ」

「こんなにいっぺえあるのが」

今ある糸や布をできるだけ染めてみてほしいと言った。

「失敗しても、布地や糸は全部買い取るわ」

女たちが「わがりますた」と大きく頷く。

もともと技術のある人たちだ。きっと大丈夫だと確信して、村を後にした。

他にも、何ヶ所かの村を回り、同じようなやり取りをして城に戻った。

「明日は予定通り、ルフォールに行けそうね」

「いったん、王都に寄って、ラッセに送ってもらおうと思うんだけど」

「サリはどうするの？」

バルテに戻らせるという。

「王都では、ドラゴンを乗り換えるだけ？」

「うん。ここしばらく、サリはブールからまっすぐバルテに飛んでいただろう？　そろそろ王都とバルテの間の航路に慣れさせたいんだ」

ラッセにも王都の発着所で降りることを覚えさせたいらしい。ヴィニョアから一気にルフォールまで飛ぶことに慣れすぎて、王都に降りるのを忘れているかもしれないからと笑う。

「自分の飛ぶ航路をしっかり覚えさせれば、ライダーの負担が減るからね」

「あの子たちは、本当におりこうさんですものね」

ライダーの指示もよく聞くし、自分で判断する力もある。航路を覚えてくれれば、大きな助けになる。

翌日は予定通りバルテを出て王都に向かった。

「ところで、アンジェリク。あの布や糸をどうするつもりなんだい？」

明るい色のウールにそれほどの需要があるだろうかと言いたそうなセルジュに、アンジェリクはただ「いい考えがあるの」とだけ言って笑った。

「バルテ便の積み荷は当面、エスコラから輸入した時計や秤になりそうだね」

「そうね。精密機械は荷馬車で運ぶのが大変だって聞いたから、案外、商機がありそうよ」

馬車に揺られている間に精度が落ちてしまったり、割れてしまったりするものがあるという。荷馬車便では損失分を保険にかけたり、速度を出せないせいで運搬に日数がかかったりと、意外とコストが嵩むらしい。

「王都に着くまでに倍以上の値段になるのは、商人たちがボロ儲けしているからってだけじゃないみたいね」

荷馬車組合の料金も思ったより高いらしい。

「商人の中には、ドラゴン便に切り換える人も出てくるかもしれないね」

ドラゴン便は積み下ろしの時以外、ほとんど揺れることがない。風を受けているから飛んでいることはわかるが、一種の魔力が働いているというだけあって、まるで揺れを感じない。

「ああいう繊細な品物の運搬もドラゴン便に向いているのね」

コストが違うので、値段で勝負することもできる。アルムガルトの花を低価格で提供できるのと同じ理由だ。ロスが少なく、運搬日数による宿代の上乗せ分など、価格に転嫁するものがほとんどない。

「バルテ便にも期待が持てそうね」

意外と大きな利益が得られそうだ。

「ルフォールも、心配なさそうだし」

報告書を見た限りでは特に問題はなさそうだった。視察に行った感じもよかった。

ルフォールもバルテも基本的に豊かな土地なので気が楽だ。

バルテには貿易収入が、ルフォールには地代や観光収入があり、税率を低く抑えられている。そのせいか、領民からの不満の声が少ない。

特にルフォールは、漁業やその加工品、果樹園などの産業も順調に育っている。領民の表情も明るかった。

「魚はよく獲れてるみたいだし、たまに獲れすぎて値段が下がるのを心配してたくらいだ。王都に運ぶようになったら値段は安定するし、むしろ上がる。漁師のみんなも喜ぶんじゃないかな」

今までよりも高い値段で、今まで以上にたくさん売れるのだ。

「きっと喜んでくれるわ」

王都で売れるかどうかを心配するのも杞憂だ。わざわざルフォールに行かなくても新鮮な魚が食べられるのだ。王都の人たちが買わないわけがない。

きっと喜ばれる。

(どこにも悪い要素がないわ……)

みんなに喜ばれて、利益も得られる。これ以上のことがあるだろうか。

「早くルフォールに行って、みんなと話をしたいわ」

11　『穀物新聞』の特集記事

王都のボルテール邸でラッセに乗り換え、ルフォールに向かった。南へ向かう航路は、途中までは雲一つない快晴だった。

まるでアンジェリクの心の中を映しているかのように、明るく晴れ渡っている。

眼下に広がる大地には緑が芽吹き始めていたし、街道に寄り添うように流れるサマン川も青さを増して、遠目にもキラキラ輝いていた。

「今は晴れてますけど、ルフォールは雨かもしれませんね」

ずっと遠くに重そうな雲を見つけ、エリクが残念そうに言った。春先は天気が変わりやすいらしい。一雨過ぎるごとに春が近づくのだそうだ。

「バルテでは、強い風が吹くようになると、だんだん暖かくなるって聞いたな」

セルジュが言う。

「でも、その風が、めちゃくちゃ冷たいの！」

アンジェリクも後部座席から叫んだ。

エリクの予想通り、ルフォールの街が近くなったあたりで空が暗くなってきた。しとしとと雨が降りはじめ、海は色を失い銀灰色の塊に変わった。

人通りの少ないルフォールの街を通り過ぎ、魚港に近いエルー農場の発着地に降りた。

積み荷はほとんどなかったが、常駐するようになった地上係員が素早く駆けよってくる。昇降装置を使ってラッセの背中から降りると、彼らのうちの一人が『週刊穀物新聞』を差し出した。

「こちら、お読みになりましたか」

馬車便で届く、王都での発売から一週間遅れのものだ。

ブールでの発売日も今日だが、王都から戻る便で一部運んでいるので、いつもなら数日前に読んでいる。今回はバルテにいたので、まだ目を通していなかった。

「まだだけど、どうかしたのかい？」

「とにかく読んでください。真ん中あたりです」

新聞は雨で濡れていた。セルジュと顔を見合わせる。

「いったん屋敷に行こう。乾かしてからでないと、うまく読めない」

そんなことはわかっているだろうに、一刻も早く差し出してきたことに一抹の不安を覚える。

「悪いことが書かれているの？」

ベテランの彼は、ただ「とにかく読んでください」と繰り返した。

急いで農場屋敷に向かい、管理人兼臨時の執事でもあるオーバンに新聞をアイロンで乾かしてくれるよう頼んだ。オーバンは別の一部を持ってきて「私どものものですが、どうかお使いください」と差し出した。

彼も、一刻も早くアンジェリクたちに読ませたいらしい。わざわざ該当のページを開いて、「ここです」と手渡す。

「特集記事？」

近頃、王都で人気を集めているワロキエ産のミルクについての特集らしかった。前編、後編の前編とある。

「ワロキエのミルクを扱ってくれてるの？」

顔を上げたが、「とにかく読め」の圧を感じて記事に視線を戻す。セルジュと頭を突き合わせるようにして、テーブルの上に広げた新聞の見開きページに目を通していった。

「え……」

最後まで読んで、アンジェリクは小さく声を漏らした。

「ここで終わり？」

「前・後編の前編ということみたいだから……」

「でも、これは……」

ドラゴン便の影響で牛たちの身体に異変が起きたところで終わっている。搾乳量の低下にともない味まで落ちてしまったことも書かれている。

たぶん、「さあ、どうなる？」的に引っ張って、次回も読まなくてはと思わせる手法なのだ。

しかし……。

「これじゃ、誤解を与えるわ」

オーバンが頷く。

「実は、さっそく抗議に来た方が……」

今朝、発売されたばかりなのに、昼過ぎにはエルー農場に抗議団体がやってきたという。

「その人たちはなんて言ってきたの？」

「牛にも害があるなら、魚にもあるはずだ。最近、よくドラゴンを見かけるが、ルフォールに飛んでくるのは、もうやめさせてほしいと、大声でわめき散らしていきました。魚が獲れなくなったらどうするつもりだと……」

抗議団体と揉めているところを、天気が悪くなって早めに漁から上がってきた漁師たちにも見られたらしい。

「ヘンな噂が広がらなければいいのですが……」

オーバンは顔を曇らせ、一緒についてきていたベテラン地上係員は、逆にこちらが新聞社に抗議した方がいいのではないかと言った。

「我々も見ていました。すっかりドラゴンを悪者扱いして……。とてもじゃないけど、許せません」

「でも、この記事は最初から前・後編を謳(うた)っているし、後編を読んでからでないと文句を言うのは難しいわ」

「あ、これは、署名記事だ」

冒頭の見出しの近くに名前が書いてある。

「書いたのは、誰？」

「パトリック・ピカール」

「パトリック・ピカール!?」

「どこかで聞いた名前だな」

　誰だっけ？　と顔を上げたセルジュに、エマの元カレで、とんでもなく不実な男なのだという部分は割愛して「新聞社のロビーで会った人よ！」と叫んだ。

　見た目を武器にしているらしきパトリックを懲らしめるために、ついセルジュの美貌を利用してしまった。あまりよいことではなかったとひそかに反省していたのだが……。

（まさか、あの時のことを根に持って……）

　だが、新聞社のロビーでのことを、当のセルジュは「覚えてない」とのたまった。

「ドノン公爵の屋敷でも会ったわ。あの時はフットマンをしていて……」

「うーん……」

　名前はなんとなく憶えているけれど、顔が思い出せないという。記憶力のいいセルジュにしては珍しい。いわゆるこれは「眼中にない」というやつか。

（そこはどうでもいいわ）

　それより。

「なんて記事を書くのよ」

　こんなことなら、もっとやってやればよかったと思った。

カジミールもカジミールである。なぜこのタイミングでこんな記事を書かせたのか。

（やっぱり、一度会って、どういうつもりか聞いてみなきゃ）

その前に、やることがあるけれど。


「抗議に来た人たちと、直接、話ができるかしら」

アンジェリクがオーバンに聞いた時、屋敷の外から人の声がした。ルフォールの屋敷から手伝いに来ていた侍従の一人が、慌てた様子で駆け込んでくる。

「漁師たちが、旦那様と奥様に話があると言っています」

急いで玄関ホールに出ると、扉の向こうの雨の下に、ルフォール市場に魚を卸している漁師たちが集まっていた。エルー農場に魚を納めている漁師の姿もある。

子どもの頃からの顔見知りも何人かいた。彼らは心配そうな顔をしている。

市場を運営している『漁業組合』の代表だという男が数人、前に出た。

「最近、ドラゴンが、このあたりを飛んでいるようなのですが……」

「農場の中に何か作っているという噂は本当ですか」

雨の中に霞んで見える厩舎と昇降装置を指さし、「あの巨大な櫓（やぐら）がそれですか」と聞いた。

セルジュが外に出て、みんなを見回せる位置に立った。

「ドラゴン便の発着地を作っている」

セルジュの言葉に、漁師たちの間にざわめきが広がる。

「ドラゴン便の発着地……」

「やっぱり……」

「発着地ができたら、ドラゴンがしょっちゅうここらを飛ぶようになるってことですよね」

「俺は反対です」

誰かが口にすると、すぐに「わしもじゃ」、「俺も」とたくさんの声が続いた。

「ドラゴンなんぞがそのへんを飛ぶようになったら、魚が獲れなくなる」

そうだそうだと男たちが一斉に声を上げ始める。

「ドラゴン便、反対！」

誰かが言うと「反対！」、「反対！」と多くの声が続く。

「「ドラゴン便、反対！」」

「ちょっと待って！」

アンジェリクは叫んだ。

「エルー農場は市場よりも内陸側にあるのよ。魚を獲るところからはだいぶ離れているわ。ドラゴンが海の上を飛ぶこともないの」

影響が出ないよう、十分、配慮したつもりだ。実際、これまで何度かラッセが飛んできているが、その日の漁獲量に影響が出たという報告はない。

「そんなこと言ったって、やってみたら、どうなるかわからんだろ」

「ワロキエでは牛がドラゴンを怖がって、ミルクがとれなくなったと新聞にも書いてあったじゃないか」

「さっきも、他の奴らが抗議に来てたのを見たんだ」

「みんな、反対してるんだ」

「すぐにやめさせてくれ」

男たちが口々に抗議しながら詰め寄ってくる。

ワロキエの発着地は離れたところに移動し、今は牛の健康も回復していること、ルフォールでも十分な距離を取って発着地の場所を決めたことなどを繰り返し説明するが、「どうなるかわからない」の一点張りで埒が明かない。

発着地の準備をひそかに進めていたことにも「だいたい、そんなものを作っているなんて、一言も聞いていない」「全然知らなかった」と不満の声を上げ始める。

「なんで説明がなかったんだ」

「内緒でこそこそやってたのが怪しい」

「やっぱり何かあるんだ」

今日、これから話すつもりだったなどと言える状況ではなかった。それが真実であっても、言い訳にしか聞こえない。

まさに今日、ドラゴン便の就航計画について話し、魚介類の買い取りについて、エルー農場に出入りする漁師や『漁業組合』の加入者たちと契約を結ぼうとしていた。

だが、そんなことを言えば、余計に批判が集まりそうだ。

（どうしよう……）

セルジュと目を見交わして、小さく首を振る。

集団で「ドラゴン便、反対！」と叫ぶ人たちを一人ひとり説得するのは難しい。今、ここで打つ手は何もないのだと思った。

（時間を置いた方がいい）

セルジュが目で告げた。

「みんなの言いたいことはわかった。発着地やドラゴン便の件で、報告が遅れたことは謝る。後日、説明会を開いて、一人ひとりの意見を聞かせてもらいたい」

そして「今日のところは、いったん引き取ってもらえないか」と続け、一同を見まわした。

雨が強くなっていた。まだ何かぶつぶつ言っている人もいたが、さらに雨脚が強くなると、「そういうことなら」と、ほとんどの人がいったん解散することに同意した。

最後まで不満そうにしていた人たちも、しぶしぶとだが、まわりに従うように去っていった。

離れた場所に立つ昇降装置と臨時の厩舎を、何か悪いものを見るような目で眺めてから、男たちは農場の門に向かってぞろぞろ歩いてゆく。

ルフォールは温暖な土地だが、三月の雨に濡れるのは辛いだろう。みんな、風邪をひかなければいいけれど、と思う。

居間に戻るとオーバンが言った。

「明日は嵐になりそうですね」

海が荒れるので漁師の仕事は休みだ。魚を獲って、それを売ることで生活している彼らは、働けない日があると不安になる。だから、嵐の時には漁師たちも気分が荒れるのだとオーバンが言う。

「魚が獲れなくなるのを心配するのは当たり前ね」

「説明を後回しにした僕たちが悪い」

「そうね」

しょんぼりとうなだれた新領主夫妻に、父の代から屋敷を預かる初老の農場責任者は「じきにわかってくれますよ」と静かに頷く。

「彼らの態度が攻撃的でも、それは嵐のせいです」

あまり気にしないほうがいいと言い、ルフォールの春は嵐の後に来るのだと続けた。

ルフォール到着の翌日はオーバンが言っていた通り、嵐になった。
どのみちエルーの漁師や漁業組合の代表者との契約交渉はできなくなってしまった。農場屋敷に残って資料や報告書に目を通した。
「反対運動が起きてしまったことは仕方ないよ。納得してもらえるまで、丁寧に説明するしかないと思う」

「そうね。でも、あまり時間がないわよ……」

二週間ほどで、新聞輸送を始めなければならない。

「それにしても、『穀物新聞社』は、どういうつもりで、こんな時期にあんな記事を出したのかしら」

「そうだね」

「ねえ、まさかと思うけど、『穀物新聞社』のロビーで、私がした意地悪を根に持っているのかしら。それで、パトリックのやつ、嫌がらせのために、あの記事を書いたとか……」

「まさか」

「でも、あの人はとても不実なのよ」

エマと付き合いながらバルニエ家のメイドとも交際していた。両方の家の内情を聞き出してドノン公爵に報告していたのだ。金銭と引き換えに！

しかも、ドノン公爵家で得た情報を別のところに売っていたというのだから驚きだ。浅はかなくせに、罪の意識が全くないせいでとんでもない悪事を働いていた姉妹がいたのだが、その家のメイドに売っていたのだ。姉妹はそれをもとにして、ドノン公爵が不利になるような記事を『穀物新聞』の読者ページに投稿していた。

そして、その姉妹の投稿記事やらなにやらを足掛かりに、どう売り込んだのか知らないが、パトリックは、ちゃっかり『穀物新聞社』の記者に収まっていたのである。

謎のスキルの持ち主だ。

「パトリックがどんなつもりで記事を書いたのだとしても、それを採用して新聞に載せる許可を出したのはカジミールだよ」

このまま周辺の人たちの反対運動が続くようなら、ルフォール便を四月に始めるのが難しくなる。発着地の準備はできているので、新聞輸送そのものは強行することもできるけれど……。

(でも、そんなふうに運んできた新聞を買ってもらえるとは思えないわ)

ルフォールから王都に飛ぶ際の積み荷の目途も立っていない。

「どうしてあんな記事を許したのか、カジミールに聞いてみたいわ」

「ルフォールのことは気になるけど、いったん王都に行ってみよう。反対運動が起きていることは、カジミールにも報告しておいたほうがいいだろうし」

「そうね」

カジミールに会ったら、パトリックが書いた記事について一言文句も言わせてほしい。


嵐が通り過ぎた翌日の午後、アンジェリクたちは王都に向かった。

着いてすぐに、『穀物新聞社』のカジミール・サンにアポイントメントを入れ、翌日の朝一番で彼のオフィスを訪ねた。

「このタイミングであんな記事を書かれたら、うまくいくものもいかなくなります。どうしてこんな記事を……」

新聞を差し出し、ちょっと強めの口調で抗議したアンジェリクに、カジミールは真顔で答えた。

「こんな記事とは？　これは、正しい、よい記事だと思いますが」

「でも、この記事のせいでルフォールの発着地が暗礁に乗り上げたら、あなただって損をするんですよ」

「それでも、正しい記事は掲載すべきです」

「でも、時期というものが……」

「では、いつならよかったのですか？」

カジミールに鋭く聞かれて、言葉に詰まる。

「ドラゴン便が就航した後ですか？　全部決まってから、ワロキエの牛たちに起きた出来事を知ってもらったほうが、よかったと？　それがフェアなことだと、あなたは思うのですか？」

「それは……」

「ボルテール伯爵夫人。私たちは、新聞屋なのです。新聞は、公平でなくてはいけません。パトリックはよい記事を書きました。だから、掲載を許可しました。時期も含めてです」

片眼鏡の奥のカジミールの目には強い光があった。

「カジミール、あなたの言う通りです」

そう口にしたのはセルジュだ。自分たちが悪かったと素直に謝った。

「フェアではなかった。先に記事を出していただいたことに対して、感謝するべきでした」

「わかっていただければ……」

カジミールが頷きかけるが、アンジェリクはまだ納得できない。

「ルフォールで起きていることを聞いてから言って」

「ルフォールで起きていること？」

「一昨日、新聞が到着するのとほとんど同時に抗議団体がやってきたの！　その影響で地元の漁師や『漁業組合』の人たちまでドラゴン便反対運動を始めたのよ。黙って発着地を作った私たちも悪かったわ。でも、言える時期が来たらちゃんと言うつもりだった」

「え、あの……」

「近々説明会を開く予定だけど、このままだと、四月の運航開始に間に合わない可能性もあるの！」

「ちょ、ちょっと待ってください。どうして、そんなことに……」

アンジェリクの話を聞いて、カジミールも狼狽し始める。

「どういうことですか？　新聞到着と同時に？　なんだって、そんなに早く……」

「知らないわよ！」

「え、でも、まずいでしょ。このままでは、四月に新聞輸送を始めるのが難しく……」

「だから、そう言ってるじゃないの！」

カジミールのせいにしたのは悪かったが、自分たちも必死なのだと叫んだ。

「しかし、そんなことがあるはずは……」

カジミールの日が大きく見開かれる。

「あったのよ！」

カジミールは手のひらで額を押さえる。眉間には深い皺が寄っている。

「そんなはずはない。四月の輸送開始に合わせて後編まで掲載して、ドラゴン便の信用を高めた上で、新しい発売日を予告する予定だったんです。興味を引くために刺激的な部分で記事を分割したのは確かです。しかし、それも後編を読んでもらうためです」

そのために、「前・後編」であることも大きく記しておいたのだと苦悶の表情のまま言った。

「ボルテール伯爵夫人、ボルテール伯爵……」

「アンジェリクとセルジュでいいわ」

「アンジェリク様、セルジュ殿……、これは、誰かの陰謀では？」

「『誰の？』」

「それは、まだわかりません。でも、おかしいでしょう？」

ちゃんと「前・後編」であることは明示してあった。ハッキリと、大きくだ。なのに、前編の内容だけで、いきなりそこまで大々的な抗議運動が始まるはずがないと、カジミールは言う。

「しかも、新聞の到着とほぼ同時に抗議活動が始まったんですよね？　早すぎるでしょう？」

あの記事の内容に不安を感じる人がいたとして、その不安を口にし、同じ不安を抱いた人と意見を交換し、抗議に行こうと話がまとまるまでには、いくら何でももう少し時間がかかるはずだと言う。

「はじめから、抗議をするつもりで準備をしていたのではないでしょうか」

「「はじめから？」」

けれど、言われてみれば確かにヘンだ。

カジミールは顎に拳を当てて何か考え始めた。

「確か、前にもこんなことが……」

しーんと、しばしの沈黙が流れる。おもむろにカジミールは頷いた。

「この件は私に預けてくれませんか」

「何か、心当たりが？」

「ちょっと調べたいことがあります。結果は、追ってご連絡いたします。モンタン家のフクロウ便で」

どこに届ければいいかと聞かれ、「ブールに」と答えた。

「わかりました。それと、後編の記事は予定より一週早めて、次の号に掲載します。一面で」

カジミールと別れると、セルジュはそのままボルテール邸に向かい、アンジェリクは、一度モンタン家に寄ってからボルテール邸に向かった。
馬車はまだ借りものだが、使用人の何人かが両方の実家からボルテール家に移っていた。
今回からモンタン家の離れではなく、ボルテール家の屋敷に泊まっている。ボルテール邸は発着所としてだけでなく、アンジェリクたちの王都の住まいとしての形を整え始めていた。

古びているが居心地のいい居間のソファに沈み込み、大きく息をつく。

「カジミールは誰かの陰謀だって言ったけど、どう思う?」

「そうだなぁ。何か心当たりがあるみたいだったけど……。とりあえず、カジミールが調べるって言っているし、結果を知らせてくれるのを待ってみよう」

「そうね」

「それより、パトリックの記事の後編を、一週間早めて掲載してくれるって言ってただろう? 次の『週刊穀物新聞』がルフォールに着いた頃、説明会を開こうと思うんだけど……」

週明けには王都で『週刊穀物新聞』が発売される。ルフォールに届くのはその一週間後だ。

陰謀があったかどうかは別にして、ルフォールの人たちが記事を読んで不安になったのだとしたら、続編に書かれるワロキエの現状は、説得のためのよい材料になる。

「いいと思うわ」

「じゃあ、その間にブールに戻って準備を進めよう」

「ルフォールで起きた事にはビックリしたけど、王都やワロキエでの反応が落ち着いててよかったわ」

ワロキエでも記事は話題になったらしい。

だが、すでに新しい発着地ができていて、牛たちの健康状態も改善されている。ミルクの輸送も再開し、順調に出荷が始まっていた。

記事について、悪いことは言われなかったと、ワロキエ便で王都に来ていたポリーヌとエマから話を聞くことができた。

『どちらかと言うと、全国版で取り上げられて喜んでいました』

『記者から取材を受けたって、自慢してた人もいたくらいです』

明るい声で口々にそう言っていた。

王都での反応はモンタン家に立ち寄った際に妹たちから聞くことができた。王都での発売は十日ほど前だが、その時の王都の人たちは、アランの店からクリームケーキが消えていた理由を知って、驚いていたそうだ。

『今は店にケーキが並んでいるんだから、解決したことはわかっているのよ。でも、どうやって解決したのかを知りたいじゃない』

『後編の記事を楽しみにしてる人がいっぱいいるわ』

『次の『週刊穀物新聞』は、きっと飛ぶように売れるわよ』

マリーヌとフランシーヌは自信たっぷりに言い切った。

「そういえば、モンタン家には、二人に何か頼み事があって寄ったんだよね」

資料に目を落としたままセルジュが聞いた。

「何を頼んできたんだい？」

「いろいろ」

妹たちの他に、カトリーヌとブリアン夫人にも会ってきた。今日あたりなら時間が取れると聞いていたので、あらかじめ妹たちに言ってモンタン家に招いておいてもらったのだ。

ルフォールで反対運動が起こったことは想定外だった。そのせいで、ゆっくり話ができなかったのが残念だ。それでも、必要なことは伝えた。

「いろいろって？」

「いろいろよ」

セルジュが資料から顔を上げた。話してくれないのかと、青い目が問いかける。

「何を企んでるんだい？」

「ちょっと込み入った計画なの。ルフォールのことが落ち着いたら、ゆっくり話すわ。今は、ルフォールのことに集中したいのよ」

四月まで、もう日にちがない。正味二週間を切ってしまった。

「なんとしてでも、無事にドラゴン便を就航できるように、ルフォールの人たちを説得しなくちゃ」

「カジミールに相談して、『週刊穀物新聞』の一部をドラゴン便で運んでみたらどうかな」

後編を載せた最新号が王都で売られるのは週明けの月曜日だ。ルフォールでの発売は、さらに一週間後になる。一部を先行して発着地周辺で売ってみてはどうだろうとセルジュは言った。

「新聞がいち早く手に取れるメリットを体験してもらえるし、一面に載る後編記事も、いち早く読んでもらえる」

「いいわね」

「ドラゴン便のよさや、安全であることも伝わると思う」

「ええ」

「もう一度、カジミールに会って頼んでくる」


カジミールは二つ返事でセルジュの案に賛成した。説明会の成功はカジミールにとっても重要なので当然だろう。

週明けにセルジュ自身が王都に受け取りに行くことにして、いったんブールに戻った。

週に一度の休日のために、ドラゴンたちがブールに集まっていた。

金曜日に王都を発ったブランカたちも、明日の土曜日にはブールに来るだろう。

ドラゴン用の大きなゲートを抜けて、ラッセが厩舎に入る。おもちゃ代わりの骨を転がしていたビビとボアが顔を上げた。

「ビビ、ボア、ただいま」

エリクの言葉に重ねるように、ラッセが「グルル」と喉を鳴らす。

一歳を過ぎたビビとボアは、保護した頃のブランカと変わらないほどの大きさになっていた。小さい頃のような「ちょこちょこ」という歩き方ではないが、ラッセに気づくと弾む足取りで嬉しそうに近づいてくる。その姿は、やはり「可愛い」としか言いようがない。

離れたところから「グルル」とサリの声がして、ラッセも「グルル」と答える。よほど嬉しいのか、ビビとボアは厩舎の床に寝転んで「キュルン、キュルン」と何度も鼻を鳴らした。

厩舎はかなり大きめに建ててあったが、オニキスが加わり、ビビとボアも成長して、だんだん狭く感じるようになってきた。

それでも、人間にとってはかなりの広さで、ドラゴンたちの寝床が端から端までいっぱいに並んでいる中を、バルトたち地上係員は常に駆け足で移動している。

週末になると寝藁の交換だけで何往復もするので、走る距離は相当のものになる。

「ご苦労様！　僕も、やるよ！」

ピッチフォークを手にしたセルジュが、張り切ってバルトたちに加わる。

アンジェリクは、先に本館に戻ることにした。

城の本館にはエミールも戻っていた。

「まあ、エミール。久しぶりね」

「奥様、お帰りなさいませ」

執事をしているところを見るのは久しぶりだ。

「本当にお疲れ様。二カ月ちょっとで、両方の発着地と厩舎まで完成させるなんて、すごいわ」

「厩舎は臨時の、例のアレですけどね」

いつもの廃墟風のアレだ。そこは仕方ない。

「落ち着いたら、しっかりしたものに建て替えましょう。また、エミールに苦労をかけるけど」

「どの土地にもいい職人と頼りになる親方が見つかりました。いつでも言ってください」

頼もしく請け合い、誇らしそうに胸を張る。

「ワロキエの桟橋と発着地も、本当にいいものができたんですよ。お時間が出来たら、是非ご覧になってください」

「そうね。きっと行くわ」

ルフォール便とバルテ便が就航したら、一番に見に行くと約束する。

「無事に就航したらね」

ルフォールで起きたことをみんなにも言わなければならない。エリクとセルジュがラッセの世話を終えた頃にでも、厩舎に行ってみよう。

「ワロキエに警備員を配置してくださって、ありがとうございます」

にこにこしながらエミールが言った。

「厩舎が簡素なので、ずっと、心配だったんです。荒れているように見える建物は狙われますからね」

桟橋はゲートが一か所なので、警備がしやすい。一人いるだけで全然違うのだと言う。

「積み荷の量や種類が増えてきたので、前もって発着地内に置いておけると、ドラゴン使いたちの負担もずいぶん減るようです」

「ルフォールとバルテにも、警備員と事務職員を置く予定よ」

「それはいいですね」

責任者を決めたら全て丸投げするセルジュ方式に則り、面接や採用はそれぞれの発着地でやってもらう。ルフォールの発着地については、近隣の理解が得られてからになるだろうが……。

「最初に今度の計画を聞いた時は、ちょっと眩暈がしましたけど、こうして完成してみると、頑張った甲斐がありました。これからしばらく、ジャンやエリクたちは大変でしょうけど、ドラゴンで国中に荷物を届けるという夢が、いよいよ叶うわけですね」

「エミールやみんなのおかげね」

「これからは、肉もたくさん買えますね」

そばかす顔の執事が眼鏡の奥の目をキラキラさせて、笑った。

その時、城の外からアンジェリクを呼ぶ声がした。

「奥様！」

外に出ると、厩舎から駆け降りてきた新人の地上係員が大きな声で叫んだ。

「ブランカが来ます！」

「ブランカが？　どうして？」

「来るのは明日の予定ですよね」

エミールも外に出てきて、空を見上げる。

ブランカはワロキエに戻ったばかりだ。通常は積み荷を降ろしてから一日休むので、今夜はワロキエの厩舎で過ごすはずである。

「一度、ワロキエに行ったにしては早すぎるわね」

ブランカとポリーヌに限って、飛行ルートを間違えるようなことはないと思うのだが……。

「何かあったの？」

「わかりません。でも、旦那様が奥様に知らせるようにと……」

「すぐ行くわ」

アンジェリクとエミールが坂を上っている間に、ブランカは丘の上の発着所に降り立った。セルジュとエリク、ジャンをはじめとしたドラゴン使いたちが駆け寄る中、素早く安全ベルトを外したポリーヌが地上に飛び降りた。

「ポリーヌ、何があったんだ」

「ワロキエ……」

一度、ゴボゴボッと咳き込んでから、ポリーヌは大きな目をいっそう大きく見開いて叫んだ。

「ワロキエの桟橋が、燃えて……！」

全員が息をのんだ。

「燃えています！　厩舎も昇降装置も、全部、火に……！」

第三章

12 陰謀と疑惑

膝から力が抜ける。座り込みそうになるのを、必死で耐えてセルジュの隣まで進み出た。

エミールがコップの水を持ってきて、ポリーヌに渡した。それを一息に飲み終わると、ポリーヌはしっかりとした口調で状況を説明し始めた。

「王都からの便でワロキエに着いた時には、もう一面、火の海でした。積み荷を降ろす必要があったので、なるべく牛から離れた方向から、前に使っていた発着地に降りました。地上係員の方々がブランカが飛ぶ方向に気づいてくれて、荷馬車をそっちに回して、積み荷を降ろしてくれました」

だから、王都からの荷物はちゃんと所定の場所に届けることができたはずだと報告する。

「私は、そのまま飛んできたので、伝票の整理はまだ……」

「それはいい。桟橋と発着所はいつから燃えていたのかわかるか」

「わかりません。夜中から明け方くらいだそうです。最初の人が気づいた時には大きな炎が上がっていて、どうすることもできなかったと聞きました」

「……怪我人は」

「いません。あまりに急に炎が大きくなって、消そうとする人がいなかったからだそうです。私が出発する時には、桟橋の手前を斧で壊していました。川に焼け落ちるのを待つそうです」

そこまで話して、かすかに声を震わせる。大きく息を吸いこんで、ぐっと唇を引き結んだ。緑色の大きな瞳に水の膜が張っていく。

「ご苦労様、ポリーヌ。よく知らせに来てくれた」

「旦那様……」

「ブランカも偉かった。後はバルトたちに任せて、ポリーヌは少し休むんだ」

王都で荷を積んでワロキエに飛び、そんな状況の中、荷降ろしを済ませてブールに飛んできたのだ。ブランカも疲れているかもしれないが、それ以上にポリーヌが限界だろう。

ドラゴンは国の端から端まで飛ぶくらいなんでもないのだと聞いた。ドラゴン便を一ルートにつき週に二便までに抑えているのは、人間のほうがもたないからだ。

「旦那様、奥様、すみません……！」

ポリーヌが突然頭を下げた。

「どうして謝るの？」

「私が面接した人が……」

ワロキエでポリーヌが面接し、採用した警備員の行方がわからなくなっているらしい。

「みんな、彼が犯人なんじゃないかと言ってます。もし犯人じゃなくても、何か知っている人がいるとすればその人しかいないと思うんです。なのに……」

「ポリーヌの責任じゃないわ」

「でも……」

「その人が犯人だとは限らないわ」

「犯人じゃなくて、何も知らなかったとしても、逃げたってことは、彼が仕事をきちんとしていなかったってことです。もしかしたら、ちょっと転寝している間に誰かが侵入したのかもしれない。それで怖くなって、逃げてしまっただけかもしれない。でも、そんなのダメだと思います」

「そうね」

失敗は誰にでもあることだが、逃げるのはよくない。

「そんな人を採用してしまった私の責任です」

ああ、と思って隣に立っているセルジュを見上げる。セルジュはちょっと笑って頷いた。

「それは違うよ、ポリーヌ」

セルジュが言い、アンジェリクはポリーヌの肩に手を置いた。

小さな肩だ。彼女はとても小柄な女の子なのだ。

（こんな小さな肩に、そんな大荷物を背負う必要はないの……）

「あなたの責任じゃないわ、ポリーヌ。それを言ったら、あなたにその権限を与えたセルジュと私に責任がある。だけど、どんなに注意していても、こういうことは防げないの」

逃げた警備員についても、わざと職務を怠慢したのなら彼に罪がある。火を放ったのが彼なら重罪だ。逃げたこともよくない。

大変な事件だし、みんなが彼を責めたくなったのもわかる。

でも、そういうこととは別に、事故や事件は起こる時は起こる。

「誰でも失敗はするの。それが大きな事故や事件につながることもあるから、いつも注意はしてなきゃいけないんだけど、人間だもの。うっかりすることもあるのよ」

去年、ポリーヌが落下した事故の時もそうだった。不良品の鞍、オニキスの攻撃など、より大きな要因があったのは確かだが、落下の原因の一つは、搭乗時の安全確認を怠ったことだった。それにだって事情があった。

そういうものなのだとアンジェリクは静かに言った。

「誰かが責任を感じることはないの」

誰かを責める必要もない。

ただし、わざとやっているなら話は別だ。なにしろ膝が震えるほどの被害が出ている。犯人がいるなら絶対に見つけ出して罪を償わせる。

「後のことは私たちに任せて、あなたは少し休みなさい」

黙ってそばに控えていたエミールに「セロー夫人を呼んであげて」と言って、ポリーヌを預けた。

エマはワロキエに残っているので、宿舎には誰もいない。

血の気のない顔で、エミールは頷いた。

エミールもショックが大きいのだ。

（自慢の桟橋を、見てあげられなかったわね……）

バルトたちに連れられて、ブランカも厩舎に向かう。何度かポリーヌを振り返り、小さく「グル」と鳴いていた。

セルジュと二人で丘を下りながら「どうしよう……」と思わず声を漏らしていた。

声に出したら、急に不安が大きくなって、足が震え始める。

「一度、ワロキエに行くしかないね」

重い声でセルジュが言った。

「状況を確かめないと……」

完成したばかりの桟橋と櫓と厩舎が燃えてしまった。期間を短縮するために木造にしたのがいけなかったのだろうか。

（でも、石で造っていたら何年もかかるわ……）

川の上にあるのだから、万が一の時にも他に迷惑をかけることはない。そう判断した通り、桟橋と発着所だけを分断して燃え落ちるのを待っている。

「しばらくの間、またミルクが運べなくなる。ルフォールでの説明会にも影響が出るかもしれないな……」

そうだった。その件もあった。

ミルクの品質が再び落ちたとなれば、最初の記事で生まれた不信感は、消えるどころかもっと大きくなってしまうのではないだろうか。

徐々に頭が動き始め、事態の深刻さに眩暈がしそうになる。

（ルフォールに、ワロキエ……）

本当に間に合うのだろうか。不安が胸を覆いつくしてゆく。

しかも悪いニュースはこれで終わりではなかった。


翌日、ワロキエへ向かう準備をしていたアンジェリクたちにフクロウ便が届いた。バルテの発着所に残っていた地上係員からのもので、リボンの色は「緊急」を示す赤だ。

モンタン家の「駅」がある隣の郡を経由して届いたため、日付は一日前。ジャンがブールに戻った直後に書かれたものらしい。

急いで封を切ったセルジュの顔がみるみる険しくなった。

「なんて書いてあるの？」

「バルテでもドラゴン便の反対運動が……」

「なんですって……？」

「一刻も早く、バルテに来てくれと書いてある」

「どうして……？」

呆然と立ち尽くすしかなかった。

「新聞記事がきっかけらしい」

「でも、バルテの発着所付近には、生き物を飼育する施設なんてないわ。なのに、どうして……」

「わからない。でも、反対運動が起きたのは事実みたいだ」

どうすればいいのだろう。

ブランカとポリーヌはすでに準備を整えている。ワロキエに行き、状況を確認したら、すぐにバルテに行けばいいのだろうか。

昨日の今日で、そんなに飛ばせるわけにはいかない。ならば、ブランカだけでなく、ラッセかサリにも飛んでもらって……。

(ルフォールにも行かなきゃいけないのに……)

ぎゅっと唇を噛んだアンジェリクの隣でセルジュが手紙から視線を上げた。

「エミール」

赤毛の執事は諦めたような顔でセルジュを見ていた。

「行ってくれるか」

「そう言うと思いました。すぐに支度をしてきます」

エミールはさっさと自分の使用人部屋に去っていった。

「ワロキエにはエミールに行ってもらう。僕たちはバルテに行こう」

どのみち桟橋の再建にはエミールの力が必要だ。ルフォールの状況はいいとは言えないが、対策の目途は立てた。バルテでなぜ反対運動が起きたのかを確認するのが先だろうと言った。

「ジャンに、サリの準備を頼んでくる」

テキパキと厩舎に向かう夫の背中を見ながら、自分もしっかりしなくてはと思う。

パン！　と両手で頬を叩いた。

セルジュはずいぶん落ち着いている。

（すっかり頼りがいのある領主になったわ）

それとも、最初からあんなだったのだろうか。普段はにこにこしてばかりで、ヘタレだのポンコツだの言われても平気な顔をしているからよくわからないけれど、いざという時にはビシッと決めるところが、以前からあった気もする。

何にしても、全部自分が背負い込まなくてもいいのだ。力を合わせて一緒に対処してくれる人がいる。セルジュが隣にいてくれると、安心して物事を考えることができる。

ドラゴン厩舎に行くと、準備の整ったブランカにポリーヌが乗り込むところだった。

ワロキエにはユーグも一緒に向かう。ポリーヌとブランカは通常のワロキエ便を飛ばなければならないので、エミールの移動を担当するのだ。

騎乗するドラゴンはボアだ。普段はやんちゃで落ち着きのないボアが、今はキリッと引き締まった表情でブランカの隣に立っている。

ワロキエ組が先に厩舎を出て、西の空に飛び立って行った。

オニキスの背にコスティとジャンが乗り、アンジェリクとセルジュはサリの背中に乗った。

「旦那様！」

搭乗を手伝っていた地上係員の中からドナシアンが進み出た。

「私も行かせてください」

ライダー志望のドナシアンは何度かドラゴンに乗ったことがある。単独で飛ぶのは無理でも、何かできることがあるかもしれないと言う。

「オニキスとサリの寝藁を運ぶのでも、掃除でも、他の地上係員の手伝いでも、なんでもします」

それはありがたい申し出だった。

一方で、以前、バルトから聞いたことが頭をよぎった。ドナシアンはバルテの出身ではないかと言っていたのだ。

(なぜ、ついて来ようとするの?)

アンジェリクが迷っている間に、セルジュが「オニキスに乗ってくれ」とドナシアンに告げた。

「エリク、後を頼む」

大きく頷くエリクとバルトたち地上係員を残してオニキスとサリも次々と離陸した。

「サリ、頼むぞ」

サリに指示を出すセルジュの隣で、アンジェリクは必至に頭を働かせた。

(カジミールが言ってたこと……)

追い詰められたような緊張感が全身を包んでいて、胃がキリキリと痛む。

(考えるのよ!)

ルフォールでの反対派の動きが早すぎたことに、カジミールは疑問を抱いていた。

『誰かの陰謀では?』

誰の陰謀かはわからないが、いくらなんでもおかしいと言った。

前・後編であることが明示してある記事の、前編の内容を読んだだけで、いきなりそこまで大きな抗議運動が始まるだろうかと。

『新聞の到着とほぼ同時に抗議活動が始まったんですよね？　早すぎるでしょう？』

誰かがあらかじめ抗議をするつもりで準備していたのではないかと、カジミールは言ったのだ。

（誰かの陰謀なら、今度のこともそうなの……？　ワロキエの火事は……？　でも、いったい……）

「誰の……？」

「何か言った？」

サリは直接バルテに向かって飛んでいた。何度か通った航路だからか、迷うことなくぐんぐん進んでいる。隣を飛ぶオニキスの飛行も安定している。

「カジミールが言ってたでしょう？　ルフォールの反対運動、あれは誰かの陰謀かもしれないって」

「うん」

何か調べると言っていたが、結果の知らせはまだ届いていない。

「バルテで起きてる反対運動も、同じ人が糸を引いているのかもしれないわ」

同じようなタイミングで、同じ理由をもとにして、反対運動は起きている。そのどちらも不自然なくらい動きが早い。

「その可能性はあるね。でも、誰が……」

「ドラゴン便に反対している人……。しかも、私たちの動きを、よく把握している人よ……」

あまり考えたくないが、自分たちの中にスパイを送り込んでいる可能性も高い。

「思い当たる人は、何人かいるわ……。ていうか、二人……」

「誰と、誰？」

「一人はドノン公爵よ。私たちの計画を知ってたし、なんとなく、ドラゴン便の成功を面白くないと思ってそうだし……」

「でも、ドノン公爵は、新聞輸送のアイディアを褒めてたって言ってなかったかい？　きみの父上が……」

「そういえばそんなことを言ってたわね。なんだか気味が悪くて、忘れていたわ」

「きみが思うほど、彼は悪い人ではないと思うよ？」

「そうかしら」

コスティを脅してオニキスでブランカを襲わせたり、ダニエルをはじめとした使用人への扱いに問題があったり、お金を使ってパトリックに情報を集めさせたり……、十分に悪い人間のように思うのだけれど。

（でも、なんだかお父様たちも、「嫌いだ」、「嫌いだ」って言ってるわりには、あの人の味方をしたりするのよね……）

「なんだか、謎の多い人だわ」

「そうかな。むしろわかりやすい人のように見えるけど」

「そう？」

ひねくれていてマイペースなところ以外、全然掴みどころがないではないか。

「ていうか、きみと似てるところがあるよね」

「はぁあ？　どういうこと？」

本気で目を剝いたアンジェリクに、セルジュがしまったという顔をする。これは、ついうっかり言ってしまったという顔だ。つまり、今のは本音なのだ。

「どこが似てるのよ！」

「うー……、あー……」

「うーあーじゃないわよ！」

あはは、と笑ってごまかそうとする。

「信じられないわ！」

プリプリ怒っていると「それで？」とセルジュが聞く。

「もう一人は、誰？」

その名前は安易に口にできない。

けれど、アンジェリクが黙り込んだことで、セルジュは察したらしかった。

「あの方か……」

「アルカン王国の空をドラゴンが飛ぶことを、快く思ってらっしゃらなかったわ」

「そうだね」

一度しか会ったことのない人物。灰色の髪と目を持つ威厳ある姿が目に浮かぶ。

ウリヤス・ケスキナルカウス・エスコラ。エスコラ王国の王。

安易に疑いをかけることは許されない。けれど……。

（あの方なら、どんな手段でも使えるわ……）

アルカン王国の国王であるマクシミリアン陛下がひそかに全てを把握しているように、ウリヤス陛下がスパイを送り込んで情報を得ていても不思議ではない。その気になれば、ルフォールやバルテで反対運動を起こすことも難しくないだろう。

ワロキエの桟橋を焼くことも……。

けれど、そんな人を相手にして、アンジェリクたちに太刀打ちできるだろうか。

「あの方が手を回したのなら、勝ち目はないかもしれないわね」

いつになく気弱になったアンジェリクに「まだ、そうと決まったわけじゃないよ」とセルジュは言う。

「それに、一国の王ともあろうお方がするようなこととも思えない」

「そう？」

「だいたい、マクシミリアン陛下が認めている事業に、裏で糸を引いて反対運動を起こさせるかな。もし明るみに出たら、エスコラの王としては、かなりまずいことになるよ？」

動機はあるかもしれないが、危険すぎる。下手をすれば国家間に緊張が生まれてしまうと続ける。

「そっか。そうよね……」

それなら、誰だろう。ドノン公爵でもなく、ウリヤス王でもない誰か。

（ドラゴン便の就航計画を知っていて、邪魔をしたい人物……）

就航計画の詳細を知っていたのは、二人の他にはカジミールと父たち、マクシミリアン王くらいだ。カジミールのはずはないし、国王陛下でもない。

王の頭の中にどのような思惑があるかは謎だが、少なくとも、ドラゴン便がアルカン王国の空を飛ぶことには賛成している。それをエスコラ王に認めさせるために、わざわざあの晩餐会を開いたのだから。

父たちが邪魔をするとかは、そもそも意味がわからない。

（やっぱり、ドノン公爵なんじゃないの？）

パトリックに記事を書かせたのも彼かもしれない。まだ裏でつながっていても不思議ではない。

記事はカジミールも認めたものだし、正しいものだ。そうわかっていても、疑い始めるとキリがなくなるのだった。


上空から見るバルテは以前と同じように見えた。

街道沿いに連なる大きな街と何もない荒野。岩肌の目立つ小高い山に、それでもようやくかすかな緑の気配が感じられる。

街が近づき高度が下がる。よく見れば、周囲の岩山に羊の姿があった。

落花生の形をした街の上空を横切る。赤と黒のドラゴンを、街の人々が一斉に見上げた。指をさして何か言っている人もいた。

「嫌な感じだな」

セルジュが呟いた。

以前、サリに乗って飛んできた時には、あんなふうに指をさす人はいなかった。

バルテの人々にとってドラゴンは珍しい存在のはずだが、頻繁に王都と行き来している商人たちの中には、いちいち驚くのはみっともないという風潮があるように感じられた。

街を歩いていても話題にさえなっていなかった。

それが、今回はあの反応だ。

「歓迎されているわけではなさそうね」

旧バルテ地区の発着地に降りると、そこにはすでに大勢の人が集まっていた。残っていた二人の地上係員と門番をしているはずの警備員が必死に止めているが、人々の手には農具や工具が握られていて、異様なほどの、ものものしい空気が立ち込めていた。

ドラゴンが降下するのを見て、詰め寄っていた人々が後ろに下がる。慌てて逃げていく人や、中には転んでいる人もいた。

「どうしたんだ」

素早くサリの背から滑り降り、セルジュが係員たちのほうへ駆けていく。

「旦那様！」

地上係員が何か言う前に、周囲の群衆から声が上がった。

「ドラゴン便、反対！」

「反対！」

いったん後ろに下がっていた人たちが、叫びながら戻ってくる。

「あの武器みたいなものは何なの？」

遅れて追いついたアンジェリクは農具や工具を指さして、地上係員の一人に聞いた。

「昇降装置や厩舎を壊せと言っています」

「なんですって？」

ルフォールよりも激しい。

「どうしてそんなに反対するの！　理由を言って！」

群衆に向かってアンジェリクが叫ぶ。

けれど、人々はただ「ドラゴン便、反対！」とわめき続けるだけだった。

このままではどうすることもできない。これでは「後日、説明会を」などと言っても帰ってくれそうにない。

それでもセルジュは「落ち着いて、聞いてくれ」と声を上げた。

無駄だった。

「聞いてちょうだい！」

アンジェリクも叫んだが、やはり無駄だった。

人々は手に持った農具を振り上げ、じわじわと迫ってくる。

「危ないわ！」

「下がるんだ、アンジェリク」

その時、背後から「ギャアオウ」という大きな鳴き声が聞こえた。のっしのっしとオニキスがこちらに向かって歩いてくる。

人々はギクリと身をすくませ、急に言葉を失くして後ずさりし始めた。

「ギャアオオオオ」

もう一度、オニキスが鳴く。口から炎が吐き出された。

「あ、ああ……っ」

「あわわ……」

先頭の人が尻もちをついた。それを合図にしたように、全員が一斉に背を向け走り去っていく。

「あ、あ、ま、待ってくれ……っ」

尻もちをついた人が這うようにしてその後を追いかける。あっという間に、敷地の門から全員が外に出て行った。

「オニキス……」

ダメよ、と言うべきか、ありがとうと言うべきか。

迷っていると、コスティが先に「すみません」と頭を下げた。

「でも、あの場合はああするしかないように思ったので」

「ええ」

「それに、ドナシアンが……」

「ドナシアン？」

ドナシアンが進み出て、軽く頭を下げてから言った。

「あいつら、この土地の人間じゃありません」

「え……？」

「農具なんぞ持ってましたが、おそらくカンボン地区の商人かなんかです」

「どうしてわかるの？」

「ことばがちげえます」

急にお国言葉になって「ここの人間だら、『反対』でなく『はんでえ』と叫ぶますよ」と続けた。

「俺は、ここの出身だで、聞けばわかるます」

「あなた……、バルテの出身だってこと、どうして黙ってたの？」

「黙っていたつもりはないんです。もうずいぶん帰ってないし、王都に行ってからのほうが長いもんで、言う機会がなかったっていうか……」

最初に勧めた商人の屋敷では伝えた気がするが、その後、何度か転職するうちに紹介状に書かれなくなったのだという。その紹介状も今回は用意できなかったけれどと頭を掻く。

「特に何も聞かれなかったんで、そのまま言いそびれてました」

「そうだったの……」

貴族の結婚や居住地に関しては厳しく管理するアルカン王国だが、平民の移住にはおおむね寛容だ。それぞれの領主が禁じていなければ、郡をまたいでの転居もできる。

地方から王都に行く者も多い。

「でも、あいつらはバルテの人間じゃないです。よそから来た商人ですよ」

ドナシアンは、もうこの土地に身寄りはないのだけれど、昔の知り合いが、まだ少しは残っているかもしれないと言った。

「本当のバルテの人たちがどう思っているのか、聞いてやってほしいんです。バルテは、街の人間と集落の人間では、考え方や暮らしぶりが全く違うんで……」

隠れていたバルト老夫婦が、おそるおそる顔を出す。古びた佇まいのバルテ城に目をやり、若い頃に一度来たことがあると、ドナシアンは懐かしそうに目を細めた。

「ウールを納めに来たんです」

バルニエ公爵領時代、集落の税を代表して運んできたことがあるらしい。

老夫婦が近づいてきて、ドナシアンがいた集落のことを教えてくれた。郡都からそう遠くない集落で、今も人が住んでいるらしい。

「先日、旦那様と奥様が回られとった村のおひとつでさあ」

村のだいたいの位置を聞く。アンジェリクたちの記憶にある村だった。羊を飼い、ウールの生産を生業にしている小さな村で、染色の技術も残っていた。

傷のある花を預けて、布を染めてくれるよう頼んである。

「うちは親父が倒れて、羊を売らなきゃならなくなって、仕方なく王都に行くことにしたんですが、俺自身はここの暮らしが嫌だったわけではないんです」

　街のきらびやかさに目がくらんでバルテを去る若者もいるが、仕事がなくて、仕方なくよそに行く者もいるのだと言い、そういうふつうの民の声を聞いてほしいとドナシアンは続けた。

「ここを出てからのほうが長くなった俺なんかが言うのも、ヘンな話ですけど」

「そんなことないわ」

　アンジェリクは首を振った。

「あなたの言うことはよくわかったわ」

　セルジュも「もう一度、村を回って、そこの人たちはどう思っているのか聞いてくるよ」と約束した。

「すぐにでも聞きに行きましょう。ドラゴン便のことも含めて、どう思っているのか聞いてみたいわ」

　ドナシアンは首を傾げた。

「ドラゴン便がバルテに来て、悪いことなんか何にもないと思うんですがね……」

　それから「オニキスとサリの世話をしてきます」と言って、コスティの姿を探した。

「ドナシアン。仕事が落ち着いたら、ちょっと来てくれる？」

　曖昧に頷くドナシアンにアンジェリクは言った。

「あなたの村に一緒に行きましょう」

　ドナシアンははっと顔を上げた。

「はい」

今度はしっかりと頷く。そして、廃墟のような厩舎に向かって走っていった。

彼が行ってしまうと、セルジュと顔を見合わせた。

「なんだか、ちゃんとしゃべるバルトって感じの人だわね、ドナシアンて」

「この土地の人柄なのかもしれないな」

不器用で実直。そんな言葉が脳裏に浮かんだ。

しばらくするとドナシアンが戻ってきた。三人で馬車に乗り込みカンボン地区に向かう。御者台にはドナシアン。アンジェリクとセルジュはキャビンに納まった。

カンボン地区は相変わらず賑やかで、人や馬車の行き来が多かった。

四つ辻に近づくと、『全国荷馬車組合』や『エスコラ貿易商協会』が入る商業会館の前に人だかりができていた。

木箱の上に立った身なりのいい男が声を上げている。

「先ほど、旧バルテ地区のドラゴン便発着所予定地で、ドラゴンが人間を威嚇（いかく）しました」

まわりでは、数人の男たちがビラを配りながら口々に叫んでいた。

「火を吐いて、我々を攻撃しようとしたのです」

「王都でも暴れた、黒いドラゴンです」

「ドラゴンは危険です」

「ドラゴン便に反対しましょう」

「皆さん、力を合わせましょう」

人だかりの前を通り過ぎながら、アンジェリクはなぜか、奇妙な落ち着きを感じていた。どうしてかわからないのだが、ドナシアンの話を聞いた後だと、あんなにひどいことを言われていても大きな怒りや焦りが生まれてこない。

「なんだか、オニキスはすっかり悪者になっちゃったわね」

「そうだね」

セルジュもいつものように笑っている。状況は何一つよくなっていないのだが、ドナシアンの言葉は、確実にアンジェリクたちの気持ちに変化を与えていた。

大きな声で叫んでいるこの人たちの声だけが全てではない。

街の人たちがバルテの民であることに変わりはないけれど、高価な貿易品の売買で多くの利益を上げている者ばかりがバルテの民というわけでもないのだ。

バルテにはたくさんの民がいる。

やせた土地で羊を飼い、亜麻を育て、労働者のための安価な布を織る民もいる。生活は豊かではないかもしれないが、細々とでも暮らしてきた民がいるのだ。

13 声なき人々の声

　村に着くと、年老いた女たちがアンジェリクとセルジュとドナシアンを迎えた。

「ジョゼットおばさん？」

　中の一人にドナシアンが声をかけた。

「……誰だい？」

「俺だ。ボキューズ家のドナシアンだ」

「ドナシアン？　あら、まあ……、あんだ……」

　ジョゼットという名の老女は目をいっぱいに見開いてドナシアンを見た。

「おばさん……、みんなも、元気だったかい？」

「ああ、ああ……。あだしらはどうにかね。あんだの母さんや妹は？」

「元気だ。妹は嫁に行った。俺も、嫁を貰った。子どももいる」

　そうかい、そうかい、と老女は何度も頷いた。他にも数人、知り合いが残っているらしかった。

　遠くの家の前にいる者たちに老女が手招きをしている。

「しばらくゆっくり話してきなさいよ」

アンジェリクはドナシアンをジョゼット老女に預け、村のまとめ役のような立場のやや若い女に向き直った。若いと言っても四十くらいの女だ。

「どんな感じ？」

女は首を傾げ「あんなに鮮やかな色でええんですがねえ」と言いながら家の中に入り、布を持って戻ってきた。水色や黄色や赤、淡い紫や濃い紫などの色とりどりのウール地だ。

「いいわ。すごく綺麗」

「だけんど、ウールは庶民の服につかう布です。このような明るい色では……」

「いいのよ。これは王都の若いご令嬢に買ってもらうつもりだから」

「ウールをですか？」

「ええ。今度、王都からもっと便利に布地を織る機械も持ってくるわ。薄い布も織れるから、夏用の布を織ってほしいの。糸はあるんだったわよね。細く撚り直すこともできる？　亜麻もあったら、それも染めてみて」

「はあ……」

女は曖昧な顔をしていたが、アンジェリクが布の代金だと言って銀貨を数枚差し出すと、ビックリしたように顔を上げた。

「こんなに……？」

「その価値があるの。私の計画がうまくいったら、もう少し値段を上げられるかも」

目をぱちくりさせている女に、「バルテには、昔から羊毛と亜麻があるわ」と微笑んだ。

「バルテの産業よ。ここで暮らす人が、この土地で羊を飼い、亜麻を育てて布を織ってきたの。貿易でいくら街にお金が流れていても、それはそれ。そういうものとは別に、土地の恵は大事にしていかなくちゃ」

羊も可愛いし、と付け加える。

まわりで話を聞いていた女たち、畑仕事の手を止めて集まってきた男たちも、女と同じように、驚いた顔でアンジェリクを見た。

「奥様……」

男の一人が口を開いた。

「バルテ街道沿いにいっぺえある街から、税はたんと取れる。だから、俺たちの税は軽くて済むんだって、ずっと言われてぎたんだ」

カンボン地区のやつらにな、と他の男が続ける。

「それはありがてえんだすよ。税が軽いから、少しばかりの稼ぎでも食っていげるで」

「んでも、街で買う麦や芋はどんどん高ぐなるし」

「それに、なんだかな、俺らがひねくれてるんかもしれんけどな、そんなふうに言われっと、なんとなしに、お荷物みてえな気持つになるんすよ」

「金ぴかの服着た街の人を見っと、誰のおかげで飯食えてんだって言われてるような気がしで……」

「まあ、俺らがひねてるだけなんだども」

ははは、と弱く笑う男たちに、アンジェリクは首を振った。

「ひねくれてなんかないわ。それに、私、あなたたちからもいっぱい税を取るつもりだもの。これからは堂々と威張ってちょうだい」

男たちも女たちも一斉にぎょっとした。

「お、奥様……？」

「ぜ、税を……？」

「ええ」

にっこり笑う顔を、悪魔を見るような目が取り囲んだ。

「バルテの布を特産品にして、前よりずっといい値段でたくさん買ってもらうようにするわ。お金を十分に稼いだら、そこから税を払ってね」

「はあ……」

「稼いだら……」

周囲の者たちがややほっとした顔になる。

「だけんども、そっただことができますかのお」

「できるわよ」

自分たちは、今、ドラゴン便でアルムガルト大公国から仕入れた花を王都に運んでいる。ドラゴン便は速度も速く、ほとんど揺れないので、花はいい状態のまま王都に届くと説明する。

「それでも、中には傷がついたり折れたりして売り物にならない花も出てくるの。品質の悪い花を安く市場に出し過ぎると、正規の値段で売れなくなったりするから、そういう花は捨てるしかないのよ。でも、ここに運んでくれれば染色の材料になるわ」

「あ、それが、この前お持ちいただいた……」

「あの花が……」

アンジェリクはにっこりと笑って女たちを見た。

「ちゃんとあのへんの白い岩から取れる粉を混ぜて染めてくれたのね」

「はい」

「あれを使うと染めた布が、明るい鮮やかな色になるの。もともとあった布に、アルムガルトの花とこの土地の岩を使って、よそにはない布を作るのよ。立派な特産品になるわ」

ほお、と声が漏れ、みんなの目が輝く。

隣ではセルジュも、感心しきったような顔でみんなと一緒に頷いている。

「ほんでも、貴族の方々は、外套ぐれえしか、ウールをお召しにならんのでは……」

まとめ役の女が心配そうに言った。薄紅色の布を広げ、「外套にするにゃ、この布は、ちっとばかし華やかすぎやしませんか」と言って眉根を寄せる。

「そのへんはおいおいね」

ちゃんと考えているから任せてほしいと言って話を終えた。

「それでね、こんな話をした後で聞くのはずるいかもしれないけど、あなたたちはドラゴン便がバルテに来ることをどう思う？」

「どうと言われましても……」

街からは距離があるし、自分たちの暮らしにはそれほど影響はない気がすると、男も女も顔を見合わせる。

「花を運んでくるのに、すごく便利なんだけど」

チラチラと女たちの顔を見るが、まだ実感がわかないのか反応はイマイチだった。

「でも、反対ではない？」

「反対ではないです」

「じゃあ、賛成？」

「よぐは、わがりませんが、奥様がそのドラゴンを飛ばしたいとおっしゃるんだら、わたすらとしては、飛ばしたらええんではないかと思うます」

うんうんとみんな頷く。

「奥様と、旦那様のお好ぎなようにしてくだせえ」

「それを聞いて安心したわ」

ひとまず、この村の人たちは反対ではないのだ。

他に二か所、同じことを頼んであった村を回った。バルテの人は真面目な人が多いのか、どちらの村でも同じようにきちんと染色作業を行っていた。

（この調子なら、量も十分に確保できそうね）

◇　◇　◇

「カジミールの言ってることが正しい気がするわ」

「例の陰謀説だね？」

「ええ」

　バルテの城で晩餐の席に着きながら、セルジュと話していた。

「カジミールが調べるって言ってたアレは、どうなったかしら」

「結果はフクロウ便でブールに届けてもらうことになってるからねぇ」

　ブールに届いていても、バルテにはフクロウ便の「駅」がないので、急ぎの手紙でなければエリクは転送しないかもしれない。

　一日以上かけてバルテに届いても、ドラゴンで戻ったら行き違いになってしまうからだ。

「ここの騒ぎが落ち着いたら、一度、王都に寄って、直接、カジミールに聞いてみよう」

　ブールには戻る時間がなさそうだ。ルフォールにも行かなければならないからだ。

　ワロキエにも……。

　ワロキエの桟橋のことを思うと胸が痛んだ。

（エミールに、見に行くって言ったばかりだったのに……）

「ルフォールの反対運動に対抗するために、『週刊穀物新聞』の最新版も手に入れたいし……」

　セルジュの言葉を聞きながら、ここの騒ぎは落ち着くのだろうかと思った。

ルフォールで反対運動が起こるのはまだわかる。魚が獲れなくなるのは心配に決まっているからだ。だからこそ、ワロキエの特集記事の後編を読んでもらうことで、漁師たちの理解を求めることができそうだと思える。

肝心の桟橋が燃えてしまったので、不安ではあるけれど。

バルテの反対運動は、まるで動機がわからない。

周辺の村を回ってきた今では、カジミールが言う陰謀説くらいしか思い当たらないのだ。

「でも、陰謀説が正しいとして、ドラゴン便の反対運動を後押ししてるのは、誰だと思う？」

「ドノン公爵ではなさそうなのよね」

「まだ疑ってたんだ」

「だって、新聞輸送のことまで知ってたのよ？　スパイでも送り込んでいなきゃ無理でしょ」

実を言うと、アンジェリクはずっとドナシアンを疑っていた。何らかの事情から、コスティのようにドノン公爵に脅されるか、パトリックのように金で雇われたのではないかと、ひそかに考えていたのだ。

バルテについてくると言った時には、半分以上、黒ではないかと思ったほどだ。

（ドナシアンを問い詰めたら、敵の正体がわかると思ったのに……）

そのドナシアンはどう見ても真っ白である。おのずとドノン公爵陰謀説も影が薄くなってゆく。

（どうして新聞輸送のことを知ってたのか、すっごく気になるけど……）

「やっぱり、あなたが言うように国王陛下から聞いたのかしらね」

「そうかもしれないね」

「ドノン公爵じゃないなら、誰かしら。やっぱり、あの方……？」

「この前も言ったけど、違うと思うよ？」

エスコラのウリヤス王がドラゴンを外に出したくない理由はわかる。エスコラにとってスィブールの知識は国を維持するうえで重要だし、中でもドラゴンは大きな力を持っている。

ある意味、国力の要である。

マクシミリアン王が策を弄してアルカン王国にドラゴンを持ち込ませたことに、危機感を持ったとしても当然だ。

これまでずっと伝説の生き物として隠し続けてきたドラゴンが、突然、隣国で荷物を運ぶ仕事に従事していると知ったら、ビミョーな気持ちになるどころか、めちゃくちゃ妨害したくなっても不思議ではない。

イルマリの話を聞いて思った。マクシミリアン王は全てを承知の上で、まさに「策を弄して」、今の状態に持ち込んでいる。

「うちの王、えげつないとこあるからね」

切れ者過ぎる王にコマ扱いされたセルジュは、まだ、そのことを根に持っているようだ。

「イルマリ所長は、ウリヤス王に何を報告するって言ってたの？」

「ブランカのことで、勉強になったとかなんとか言ってたね」

「コスティと話してた時ね」

確か、セルジュの命令なしでも、ドラゴンは懐くのかとかなんとか、そんなようなことを聞いていた。コスティは、『馬や驢馬と変わらない』と答えていた。

そのへんの感覚はアンジェリクにもよくわかる。

一方で、それに続くコスティの言葉の意味はよくわからなかった。

『エルフだけがドラゴンを扱えるわけじゃないんだ』

どういう意味だろう。

そのコスティの言葉を受けて、イルマリ所長はこう答えていた。

『ウリヤス陛下に、そうお伝えしておこう』

何を？

「コスティがいるから、ちょっと聞いてみようか」

「イルマリ所長が、エスコラ王に？」

コスティは首をひねった。

「何を？」

「こっちが聞いてるのよ」

王都でのイルマリ所長との会話をかいつまんで繰りかえす。

「あの時、あなた『エルフだけがドラゴンを扱えるわけじゃないんだ』って言ってたでしょ。あれって、どういう意味？」

コスティは急に右手を口に押し当てた。黙りこむつもりだ。

「教えなさいよ」

目だけをアンジェリクに向け、小さく首を振る。

セルジュが「スィブールの古い伝説のこと？」と聞いた。

「この前、ドノン公爵からもらったノートに書かれていた。エルフには、テイマーの能力があるんだよ」

にっこり笑って指を立てるセルジュに、コスティは文字通り目を剝いた。見開きすぎて、目が飛び出しそうだ。

「なんでそんなにビックリするのよ」

「だ……っ！」

口から手を離して叫ぶ。

「だって、そんなの、ビックリするに決まってんだろ！」

「どうして？」

「どうしてって……」

視線を逸らし「なんで、ドノンはそれをあんたに……、じゃなくて、旦那様に渡したんですか」

と聞いた。

「よくわからないけど、自分が持っているよりも、僕が持っている方がいいものだからとか、そんなようなことを言ってたよ」

「いつもらったの?」

「いつだったかな。ボルテール邸でブランカかラッセの世話をしていた時だったと思う。エスコラ王との晩餐会の後だ」

「全然、知らなかったわ」

コスティが聞く。

「そこに書かれている内容について、人に言うなとか、そういうことは、言われなかったんですか」

「うん。特には……」

コスティは、どこか探るように、そのノートにはドラゴンを戦いの道具にしていたことや、そのためにエルフ族が利用されていたことは書かれていなかったのかと聞いた。

「それについては短い記述があったよ」

古いノートでところどころインクが滲んで読めなくなっていたと言い、それでも、内容はだいたい理解できたと続ける。

スィブールの記録と、まだスィブールと交流があった古い時代のホゼー世界の記録という形で書かれていた。何かの本の写しかもしれないという。

「どうして、そんな古いノートをくれたのかしら」

「その中にエルフやドラゴンについて書かれた部分があるんだよ。僕が興味を持つと思って、くれたんじゃないかな」

「もしかして、そのノートをもらったから、ドノン公爵のことをいい人だとかなんとか言ってたの？」

「え……っ、ち、違うよ」

コスティが口を挟んだ。

「エルフとドラゴンについて、何が書いてあった」

「それは……」

セルジュは眉根を寄せた。

「わりと、嫌なことが……」

「嫌なこと？」

アンジェリクが聞いた。

「嫌なことって、どんなこと？」

「うん……。当時、ドラゴンを操らせるために、国によってはエルフを捕らえて、ちょっと口では言えないようなひどいことをして従わせていたとか……」

「えー……」

ふいにコスティが口を開いた。

「それ、伝説とか作り話じゃねえから」

「え？」

なんだか口調が変わっている。

「エルフが、ドラゴンを操るための道具として利用されたのは、本当のことだ。その後のことも……。ノートには、ほかにも書いてあっただろ」

「エルフの血を引く人間にも危険が及ぶってこと……？　特にテイマーの能力を強く受け継いでいる者は……」

セルジュの言葉にコスティが頷く。

セルジュは眉根を寄せて考え始めた。

しばらくして口を開く。

「それって、きみとユーグがノアールの森で老人に育てられたことと関係ある？」

コスティはチッと短く舌打ちし「頭のいい奴は嫌いだ」と口の中で呟いた。

「そういうことか……」

何がどういうことなのか、アンジェリクにはさっぱりわからない。

「誰にも言わないと約束してください」

口調が戻った。

「言わないよ」

セルジュは心底嫌そうに続けた。

「エルフ狩りがある世界なんて、考えただけでぞっとする」

「エルフ狩り？」

「なんでもない」

「さっきから何を言ってるの？　私には、さっぱり意味がわからないんだけど」

「そうか、そうだよね」

セルジュは笑い「でも」と言う。

「でも、これはわからないほうがいいことかもしれないから」

「はあ？」

「ともかく、ポリーヌはすごいってこと」

「ポリーヌ？」

なぜここでポリーヌ……。

「あのイルマリ・リンドロースが呼んでるのに、ブランカは迷わずポリーヌについていった。奇跡だよ」

ますます意味が分からない。

コスティが「ポリーヌだけじゃないですよ」と言う。

「俺たちの仲間は、みんなドラゴンと意思を通わせてます。モンタン公爵家にはフクロウ便というものもある。別にエルフじゃなくたって、生き物と絆を結んで、心を通わせる力があるんですよ」

馬や犬や猫とだって仲よくやってるやつは多いと笑った。

「イルマリは、そのことをウリヤス陛下に伝えようって言ったんです」

なんだかわかったような、わからないような感じだが、イルマリ・リンドロースがエスコラの王に伝えたことは、「人間も、エルフと同じようにドラゴンやフクロウや馬や犬や猫と仲よくできる」ということのようだ。

それがなんなのだという感じである。

「ところで、テイマーって何？」

アンジェリクは素朴な疑問を口にした。コスティがドン引きした。

「そこからですか？」

「スィブールに伝わる不思議な力の一つだよ」

セルジュが答える。

「生き物と心を通わせる力です」

コスティはそう答えた。

「ふうん、ドラゴンも？」

「うん」

「そうですね」

なんとなくわかった。

「じゃあ、みんなにもテイマーの力があるってことね」

にっこり笑うと二人も笑い返す。なんとなく力のない笑い方だった。

「で？」

「でって？」

「ウリヤス・ケスキナルカウス・エスコラ陛下は、ドラゴン便をやめさせたいのかしら」

セルジュとコスティは黙り込み、うーんと唸った。

「やめさせたいことは、やめさせたいだろうね……」

「でも、裏から手を回すようなことはしないと思うな。イルマリ所長が許さないだろうし……」

「前にも言ったけど、表沙汰になった時にマクシミリアン王が黙っていないだろうしね」

そうなれば、ホゼー世界全体が危機に直面してしまう。そこまでのリスクは犯さないだろうと二人は言う。

「じゃあ、いったい誰が糸を引いているのかしら」


翌日もカンボン地区の商人たちが抗議にやってきたが、オニキスを恐れて敷地の中には入ってこなかった。

「ドラゴン便、反対」

声にも張りがない。腰が引けている感じが声に出ている。

ルフォールとバルテで同時に起こった反対運動やワロキエの火事のタイミング、周辺の村で得た感触などから、カジミールの言うことはどうやら正しいと確信した。

誰かはわからなくても、反対運動も裏で糸を引いている者がいるのだと思えば、なんというか、目の前で騒いでいる人の話も、話半分に聞いておけばいいという気持ちになり、あまり心を悩まされなくなった。

からくりがあるなら、黒幕を暴いて一網打尽にしてくれる！

そんな心境にさえなった。

ワロキエの桟橋のことだけはズッシリと気持ちを重くするが、カジミールが指示した調査の結果が出ているかもしれないし、『週刊穀物新聞』の最新号も手に入れたい。ひとまず王都に行こうと決めて準備をしていたのだが……。

気持ちに余裕ができて、ご苦労なことだと思いながら、門の外の人たちを眺めていた。

昨日よりも人数が少ない。

（オニキスが怖かったからかしら）

それもあるかもしれない。しかし、こうして見ていると、あの商業会館前の騒ぎに煽られて、なんとなく抗議に参加しただけの人も多かったのだろうなと感じる。もしかすると、誰かに頼まれて参加していた人もいたのかもしれない。

実際に反対している人は意外と少ないのだ。そう思うと、ますます気持ちが落ち着いてくる。同時に頭の回転も戻ってきた。

じっと人々の顔を見ていると、後ろの方に、どこかで見た顔があることに気づいた。

薄茶の髪のちびデブ……もとい、背が低く、ふくよかな体形の男性と、金属的な赤い色の髪を真ん中で分けた痩せた男性……。

（あれは、確か……）

うーんうーんと唸る。どこの誰かはわかっているのに、名前が思い出せない。

「セルジュ！」

カンボン地区で会った『全国荷馬車組合』の会長だか代表だかと、『大街道宿場町組合』のそれがいると伝える。

「ああ、フロラン・レネ氏とラウル・マルティル氏か」

「それ！」

どっちがどっちだっけと聞くと、薄茶の髪がレネ氏で赤毛がマルティル氏だと答える。

（この人、記憶力がいいのよね）

便利だ。

もっとも、アンジェリクも興味のあるものに対してなら、そこそこ記憶力には自信がある。残念だが、彼らには一ミリの興味も湧かない。

それはそうと、彼らの姿を見たとたん、アンジェリクはピンときた。

「いるじゃないの。ドラゴン便が成功するとめちゃくちゃ困る人が」

「え、誰？」

「今、私たちの目の前にいる。あの薄茶と赤毛よ！」

「あ、レネ氏とマルティル氏……」

「それよ！」

14 断罪とその後

コスティとジャン、ドナシアンと二人の地上係員、念のためバルト老人も動員して、敷地の端の通用口から背後に回ってもらった。

人手がないので総力戦だが、一人につき三人つぎ込めば取り逃がしはしないだろう。

「行くわよ、セルジュ」

「了解、ボス」

ズンズンと歩みを進め、人垣の前に出る。

「ドラゴン便、はんたーい」

やる気のない声で拳を上げる男たちを、恐ろしいと定評のある眼力で睨む。

「おだまり！」

ビクッと身体を震わせて、数人が後ずさった。

アンジェリクが一歩足を踏み出すと人垣がさっと割れた。遠い異世界では海を割る技を持つ者がいると聞くが、それに近い動きであったと思う。

備えは万全だが、万が一にも、うっかり取り逃がすことのないように、はしばみ色の目で交互に男たちを見据えながら進む。

「そこの……！　えーと、えーと……（名前、なんだっけ）」

「（フロラン・レネとラウル・マルティルだよ）」

「フロラン・レネ！　ラウル・マルティル！」

薄茶と赤毛がビクッと身体を跳ねさせた。

「な……、よ、呼び捨てとは……」

「我々を誰だと……！」

顔を真っ赤にした薄茶と赤毛をアンジェリクは一喝した。

「うるさい！　あなたたちがこの人たちを煽動してることなんて、バレバレなのよ！」

割れた人波が、そろりそろりとさらに広がってゆく。

「ドラゴン便が上手くいって困るのが誰か、最初から気づかなかった私がばかだったわ」

「な、何を言ってるんだ」

「ルフォールの人たちを煽ったのもあなたたちでしょ！」

「し、知らないな」

赤毛が目を逸らし、口の端を上げる。

「笑うな！」

ぎょっとして赤毛が視線を戻す。

「笑い事じゃないのよ！」

こっちは領民の暮らしがかかっているのだ。

事業を継続できなくなれば、できるはずの施策もできなくなる。領地経営にはお金がかかる。それを全部税で賄ったのでは、領民が苦しむ。

「ドラゴン便の邪魔をするな！」

「さ、さっきから、何を言ってるのかな……、お嬢さん？　我々が何をしたって言うんだい？」

揉み手をしながら薄茶が前に出る。

「ルフォールとバルテでドラゴン便の反対運動を煽って、ワロキエでは桟橋に火をかけた」

「なんですと？」

「とぼけるな！」

「な……、し、証拠でもあんのか！　おらぁ！」

薄茶が突如豹変した。

アンジェリクは動じなかった。

「証拠は見つける」

「そう簡単にいくか。こっちにはドノン公爵もついてるんだ。たかだか田舎の貧乏伯爵風情が大きな口を叩かないほうがいいぞ」

薄茶の後ろから赤毛が顔を出し、ニヤニヤ笑いながら言った。薄茶も笑う。

「カンボン地区の商業会館で、ドノン公爵に見下ろされたな。俺たちはしかと見てたんだからな」

「あら、そう」

アンジェリクは鼻を鳴らした。

「公爵がそんなに偉いんだったら、私たちも公爵の力を借りるわ。私の父とセルジュの父、モンタン公爵とバルニエ公爵の力を借りて、絶対に証拠を見つけるから」

「モ、モンタン公爵家と……、バルニエ公爵家だって？」

「そうよ。私の名前はアンジェリク・モンタン・ボルテール。ここにいる夫はセルジュ・バルニエ・ボルテール。権力に尻尾を振るのが好きなら、よく覚えておきなさい」

アンジェリクが一歩前に出ると、薄茶と赤毛が後ろに下がる。

「公爵たちの名にかけて、証拠は必ず見つける。全部、暴くわ。人々を煽動したことも、ワロキエの桟橋に火を放ったことも、全部。その時、あなたたちは死罪よ」

くいっと顎を上げ、自分よりも背の低い薄茶をジロリと見下ろした。

「……死？　今、なんと？」

「し、ざ、い」

薄茶の表情が変わった。

「う、嘘だ……」

「嘘じゃないわ。知らなかった？　放火は全員、死罪なの。被害の大小は問わない。実行犯が他にいても、指示したあなたも同罪。その上……」

「そ、その上？」

「その上、な、なんだ……！」

「あら。何もしてないのに、気になるの？」

ふふふと笑って薄茶の顔を覗き込む。

じりじりと後ずさりしていた赤毛が、急に背を向けた。

「ジャン！」

アンジェリクが呼ぶのと同時にジャンとドナシアンが赤毛を捕らえ、地面に押さえつけた。

「赤毛。何もしてないのに、なぜ逃げる！」

もはや名前を思い出す気もない。

「あ、う……」

地面に顔を押し付けられ、赤毛は苦しげに呻いた。

「あなたも死罪。仲よく首吊り台に登りなさい。それとも放火は火炙りだったかしら？　王宮前広場に磔台(はりつけ)を用意して、下に薪を積み上げるんだったわね。油をかけるから、よく燃えるの」

おほほほほ、とエメリーヌのように笑い、「そうそう」と付け足す。

「続きを教えてあげるわ。その上ね、あなたたちの財産は全て没収。家族は国外追放。自首すれば、少ーし罪が軽くなるかもしれないけどね」

セルジュが前に出てにっこりと微笑んだ。

「どうする？　うちの父たちの調査能力、かなり優秀だよ？　しらを切り通して、後でバレるのと、ここで正直に言って謝るのと、どっちが得かよーく考えてね」

「謝れば許してくれるのか」

「どうかなあ」

「少ーしってどのくらいだ？」

「さあ」

青い目を細めてにっこり笑い、とどめを刺した。

「……てゆーか、やったんだ」


薄茶と赤毛ことフロラン・レネとラウル・マルティィルは、結局、その場で自分の罪を認めた。

証拠の一部はバルテの商業会館にある彼らの事務所内に隠してあった。抗議活動に参加した者の日当の領収書や指示に使った手紙の返事などがご丁寧に取ってあった。

父たちの手を借りるまでもなく、あっさりそれらが見つかったのは、バックにドノン公爵がいるという安心感から油断していたかららしい。

異様に杜撰な管理状態だったようだ。

その杜撰な管理のおかげで、彼らがめちゃくちゃな不正をしていたことも発覚した。

荷馬車組合で請け負って運んだ荷物のうち、壊れたものや精度が落ちたものは廃棄する決まりになっていた。輸送を委託した商人には商品の仕入れ値の八割が補償金として支払われる。

その仕組みを利用して、全く無傷の品物を横流しして利益を得ていたのだ。商人たちは荷馬車で揺られて壊れた分は補償金を受け取り、損益として諦める。その分を無事に届いた商品に上乗せするので、王都に届くエスコラの輸入品は倍近い価格になるのだった。

道中の宿代も水増しされていた。宿場町組合の宿にはグレードがいくつかあり、それによって宿代に差があるらしいのだが、荷馬車組合のための宿では、常にグレードを落とし、差額をピンハネしていたという。

内部の人間もうすうす気づいていたらしく、調査が入るとアヤシイ証拠がじゃんじゃん挙がったとのことだった。

ルフォールやバルテで、彼らに頼まれて反対運動に加わった人たちの証言も取れた。ほとんどがその土地の領民ではなく、たまたま居合わせて、一緒に「ドラゴン便、反対」と叫ぶだけで銀貨がもらえるというので参加したそうだ。

カジミールが行った調査で、王都で起きた反対運動も薄茶たちによるものだったことがわかった。ルフォールやバルテと全く同じ手口で人を集めて騒ぎを起こしていたらしい。

その時の参加者からも裏を取ることができた。

罪になるのを恐れて黙っている者もいたようだが、領収書があり、ご丁寧に名簿まであり、誰が参加したかがわかっていて、各郡の役人だけでなく国の組織も捜査に加わっており、その上モンタン家とバルニエ家も独自に調査を進めているという噂が流れると、ほとんどの人が自ら申し出てきた。

罪に問われることはなかったが、銀貨は没収された。それらは国を通して、貧しい人々のために活動している団体に寄付された。

ワロキエで桟橋に火を着けた男も捕まった。ポリーヌが面接し、採用した例の警備員だった。他の者たち同様、金に目が眩んで言われるままに火を放ち、後になって自分のしでかしたことの大きさに気づいて、怖くなって逃げていたらしかった。

「報告は以上です」

モンタン家の居間でバルテの役人と連携して調査に当たっていた国の管理官から報告を受けた。セルジュはワロキエに行っていて、アンジェリク一人で話を聞いたのだが、報告書は文書になってブールにも送られているので、時間ができたら目を通してくれるだろう。

管理官が一礼して出て行くと、近くでうろうろしながら聞き耳を立てていたフランシーヌが口を開いた。

「その人も死罪なの？」

「その人？」

「最後に言ってた人、ワロキエで桟橋に火を着けた実行犯」

「ええ」

フランシーヌの顔が強張った。

「……と、言いたいところだけど、死者が出なかった場合、最近はほとんど死罪になることはないらしいわ」

厳しく容赦のないところもあるマクシミリアン王だが、こと死罪に関しては、かなり慎重だ。よほどの凶悪犯でない限り、生きて償えと言って減刑にしている。

「財産没収と、重くて国外追放か島流し。命じられて火を着けただけの下っ端なら、労役か禁固刑で済むんじゃないかしら」

「そうなの？」

フランシーヌはほっとしたように息を吐いた。

「ちなみに、あのゴダール姉妹もまだアギヨン牢獄にいるわよ」

「えっ、あんな大事件を起こしたのに？」

テニエ街道を封鎖して王都の経済に大打撃を与え、人々に不安な日々を送らせた極悪人姉妹だが、死者や怪我人が出なかったことや強い悪意を持っていなかったことを考慮されて禁固刑になっている。

国外追放にならなかったのは、あまりに考え無しな姉妹なので、他国で何かやらかしてもまずいと思われたからだろう。知らんけど。

「でも、放火はダメよ。火は美しいし暖かいけど、故意に他人のものを燃やしてはダメ」

「わかってるわ」

今回は死んだり怪我をしたりした人がいなかったからよかったものの、『ボルテール・ドラゴン便商会』が受けた打撃はめちゃくちゃ大きかったのだ。

ワロキエの焼け落ちた桟橋を前にした時の虚無感をどう表現したらいいだろう。

せっかく、ミルクを運べるようになったのに……。

牛たちにも、怖い思いをさせずに済むようになったのに……。

そう思うと泣きたくなったが、あまりに何もない水面を見ていると涙も出なかった。エミールが是非見てほしいと言った桟橋を、アンジェリクとセルジュは一度も目にすることができなかった。

（許さないわよ。赤毛と薄茶……）

それでも、どんなに軽くても財産は全て没収され、身一つで放り出されるとのことなので、せいぜいしっかり反省してくれと思うに留めた。没収した財産はワロキエ再建の費用にがっぽりいただけることになったし、許せないまでも、ひとまず気持ちに折り合いをつけるくらいはできそうだ。

居間の隅に陣取り、同じく聞き耳を立てていたマリーヌが近づいてきて、向かいのカウチに腰を下ろしながら、少し呆れたように言った。

「それにしても、よくその場で罪を暴く気になったわね。証拠はまだ一つもなかったんでしょう？」

フランシーヌもまじまじと姉の顔を見た。

「いったいどうして、そこまで自信があったの？」

「あの人たちが黒幕だと仮定すると、全部、筋が通るのよ。組合の代表をしていた薄茶には『穀物新聞社』が荷馬車組合との契約を更新しなかったことがわかってたはずだし、それをドノン公爵に言ったのも薄茶だと思ったし、その話を聞いていたから、バルテとルフォールの発着所を急いで作っていると知って、ドノン公爵は『穀物新聞社』が新聞輸送をドラゴン便に切り替えたことに気づいたんだと思ったし」

二人が感心したように頷く。

「新聞が到着した直後に抗議活動を始めるとか、バルテの街の商業会館前でビラを配るとか、よく考えたら、わかりやすすぎるくらいわかりやすかったわ。ドラゴン便がうまくいくと困る人たちっていう条件にもピッタリ当てはまったし、なんで気づかなかったのかしらと思ったくらいよ」

バルテの反対運動は、もともと薄茶と赤毛とその取り巻きたち、それにお金をもらったそのへんの人たちが適当にやっていたものなので、アンジェリクが彼らの罪を暴いた直後には、もう消滅していた。

かわりに周辺の村々を中心に「ドラゴン便歓迎運動」なるものが始まっている。

アルムガルトの花びらを運んでくるのはドラゴンだと知り、自分たちの暮らしに大いに恩恵があることに気づいたらしい。

ルフォールの反対運動も、薄茶一味の逮捕で日当が受け取れなくなった似非(えせ)運動員が、あれはやらされていたのだと騒ぎだし、先行して届いた『週刊穀物新聞』の記事も読まれると、瞬く間に消滅した。

パトリックの記事はいい記事だった。

たんたんと事実を書いているだけなのだが、牛たちの動揺や酪農家の苦悩がきちんと伝わってくる。それに真摯に向き合うアンジェリクたちの姿勢も、桟橋が完成し、状況が改善されていく様子も……。

「あの人、あれで意外と真面目なのかしら」

事実だけを正確に伝えるスキルに、どことなくスパイをしていた頃の姿が重なる。

栈橋の火災を報道した記事もパトリックが書いた。速報版として刷られ、翌週の『週刊穀物新聞』に挟み込まれたのだが、とてもわかりやすかった。

「ワロキエの栈橋だけは、どうにもならないのね」

フランシーヌがため息を吐く。

「ミルクが運べなくなると、またアランのお店のクリームケーキがお休みになるのよね」

「お父様も相当ショックを受けてるわ」

マリーヌもため息を吐いて、「そういえば」と続ける。

「パトリックの記事を読んだ人たちが、アランのお店のクリームケーキがお休みになるのを知って、レネ氏とマルティル氏の罪を重くしたほうがいいって騒いでいるみたい。役所に請願書を出した人もいるとかいないとか……」

「死罪よりも重くしろってこと？」

「減刑するなってことじゃない？」

フランシーヌが「あ、なるほど」と言って頷く。滅多なことでは死罪にならないと知ったせいか、気楽な調子で続ける。

「でも、アギヨン牢獄の中でその話を聞いたら、なんていうか、ドキドキしちゃうわね」

「生きた心地がしないと思うわ」

「せっかくだから、ベアトリス王后陛下や王女様たちもアランのファンだってこと、牢獄の中の人に教えてあげたほうがいいんじゃない？」

「まあ、フランシーヌ！」

マリーヌが形のいい目を見開き「とってもいい考えだわ！」と言って、妹とハイタッチを交わす。

二人の会話を聞きながら、そのくらいの罰は受けてもらわなければとアンジェリクも思った。せいぜいドキドキしながら沙汰が降りるのを待つがいい。

妹たちが歌うように声を揃える。

「食べ物の恨みは恐ろしいのよ～」

四月、ルフォールとバルテに無事、発着地が完成し、『週刊穀物新聞』の輸送が始まった。

セルジュと並んでエルー農場の空を見上げていると、遠くに青い光がキラリと光った。

「来たわ」

ラッセはみるみる近づいてくる。

「速いなあ」

農場に集まっていた人たちから感嘆の声が漏れる。

先週は王都で発売されたものと同じ『週刊穀物新聞』が初めて国の四か所に同時に届いた。そして、今日は二度目の発売日だ。

発着所に届いた荷物が次々と荷馬車に移される。その荷がルフォールや周辺の郡に運ばれていくのを見送ってから、セルジュと一緒にエルーの市場を覗きに行った。

「新聞だよー。今週号が届いたよー」

新聞売りの少年の声を追いかけていくと、売り場にはすでに大勢の人が集まっていた。

「新聞をくれ」

「どれにしますか」

見本誌を手に取った男が言った。

「おい。こっちには一昨日、王宮で開かれた舞踏会（ボウル）のことが書いてあるぞ」

「おや。この『アルカン・ニュース』の記事は先週読んだ気がするな」

「この前の『穀物新聞』に出てたニュースと同じじゃないか」

「俺は『穀物新聞』をもらう」

「俺もだ」

価格が一割ほど高くなったにも拘わらず、『週刊穀物新聞』は飛ぶように売れていく。

と言うより、『週刊穀物新聞』しか売れていない。カジミールが言った通りだ。

『最初の週も大事ですが、次の週に市場に行くと、はっきりと違いがわかると思いますよ』

カジミールはそう言った。

『新聞の価値は情報の新しさにありますからね。先週のニュースを載せている新聞と、最新のニュースが載っているわが社の新聞、値段の差があっても選ばれるのはどちらか、是非、その目で確かめてください』

しばらくその様子を眺めて、セルジュが言った。

「これは、他の二社はキツイだろうなぁ」

「二年後……、もしかするともっと早く、他の二社からも新聞輸送の依頼が来るかもね」

契約の途中でも。

そして、その時の輸送費はカジミールが提示してくれた今の輸送費と同じ額になるだろう。

漁業組合や漁師たちとの契約も無事に結ぶことができた。先週の便では、王都にいながらにして新鮮な魚が食べられることがめちゃくちゃ喜ばれた。

今回も魚介類がたっぷりと積まれて、王都に運ばれていく。

ドラゴン便の評価もうなぎのぼりである。

「これは、いよいよ貧乏伯爵の名を捨てる日が近いな」

珍しく金運の波が来ている。

「僕たちも新聞を買ってみよう」

他の人たちに交じって、新聞売りの少年から『週刊穀物新聞』を受け取る。

「舞踏会（ボウル）と言えば、マリーヌはいよいよ社交界にデビューだね」

「ええ」

「例の件も、うまくいくといいね」

アンジェリクは頷き、セルジュの腕に自分の腕を絡めた。

「またしばらく、私は王都にいなきゃだわ」

「寂しいけど、応援してるよ」

セルジュは言い、「楽しみにもしている」と続けた。

「きみは本当に、いろいろなことを思いつく。きみを領主に迎えたバルテの民は幸せだ」

◇

「カトリーヌ、どんな感じ？」

王都に向かったアンジェリクは、ブリアン夫人のアパルトマンを訪ねていた。

「こんな感じでいかが？」

カトリーヌがぱらぱらとスケッチブックを捲(めく)って見せた。描かれているのはエスコラ風のドレスのデザイン画である。

ブリアン夫人が先に感想を口にする。

「あら、いいじゃない？」

アンジェリクも「すごくいいと思うわ」と頷いた。

「じゃあ、デザイン画十枚、納品てことでよろしくね、アンジェリク」

「お疲れ様、カトリーヌ」

「パターンと縫製の仕方も後で送るわ」

誇らしげに微笑むカトリーヌの隣で、ブリアン夫人がわずかに首を傾げる。

「アンジェリク、これはとてもいいアイディアだと思いますし、実際に素晴らしい出来だとも思いますよ。でも、本当に売れるのかしら」

「売れますわ、先生。というか、売るんです」

はしばみ色の目をらんらんと光らせてアンジェリクは言い切った。

ブリアン夫人は「さすがオーブリーの孫……、そして、コルラードの娘ですね」とちょっと感心したように頷く。

「あなたが言うなら、信じましょう」

「ブリアン先生とカトリーヌが引き受けてくれたんです。必ず成功させます」

売れるかどうかは、王都の人たちの興味を引けるかどうか、品物に魅力があるかどうかにかかっている。

品物については自信があった。

今回、アンジェリクが考案したのは、色鮮やかなバルテのウールを使ったエスコラ風のドレスだ。

デザインはカトリーヌ。経営と資金繰り、仕入れなどはアンジェリクが行う。

販売するのはブリアン夫人だ。

「ちゃんと売れます。うちには強力なファッションリーダーがいますし」

「マリーヌ・モンタンね」

ブリアン夫人が微笑み、カトリーヌも「確かに注目度抜群だわ」と頷いた。

モンタン公爵家の第二令嬢、マリーヌは幼少期からその美貌で知られてきた。そのマリーヌが、今年、社交界にデビューする。モンタン公爵家の令嬢というだけでも注目の的なのに、噂の美少女がついに公の場に登場するということで期待が高まっている。

アンジェリクの時と同様、父は何カ月もかけて準備を進めていた。ドレスや宝石類には特に人々の目が集まっている。モンタン公爵家クラスになると、舞踏会（ボウル）やパーティだけでなく、日常の生活にまで干渉される。

普段着にも一切手が抜けない。けっこう大変なのだが、今回はそれを利用することにした。

「公式なパーティに着ていくのは難しいけど、内輪のお茶会や街への買い物には、どんどん着ていってもらうわ。フランシーヌと私も着るし」

カトリーヌが縫った完成品のいくつかをマリーヌに見せたら、大喜びだった。

『素敵！』『エスコラの星』の主人公みたい！』

さっそく身に着けてクルクル回っていた。『エスコラの星』とはブリアン夫人の最新作だ。フランシーヌが『私のは？』と騒いだ。

『もちろん、あるわよ』

モンタン公爵家の次期当主にして第三王子と婚約中のフランシーヌにもしっかり宣伝してもらう。

『思っていたより、ずっと素敵！』

二人はカトリーヌのドレスを絶賛した。

アンジェリクも絶賛した。大絶賛である。

カトリーヌのデザインは異国風の情緒や特徴を残しつつ、日常の中で無理なく着られるように、

絶妙なアレンジが加えられていた。

　これから暖かくなるのを見込んで、薄手のウールを使用してもらったのもよかった。質実剛健なエスコラのドレスをベースにしつつも、どことなく華やかさや軽やかさも感じさせる、実にエレガントな仕上がりになっている。

　夏用にはリネンを使ったものを準備中だ。

「あなたに、こんな才能があったなんて、ビックリしましたよ、カトリーヌ。名前を表に出せないのがもったいないわ」

　ブリアン夫人は、心底残念そうに言った。

　国中に知れ渡るほどの大悪人になってしまったアンジェリクたちの従姉妹、シャルロット。その姉であるカトリーヌはいまだに隠遁（いんとん）の身で、名前を前面に出すことができないのだ。

　死罪こそ免れたものの、姉の人生にまでこうして影響を及ぼしてしまうのだから、つくづく悪い事はできないと感じる。

「それでも、これはあなたの作品よ」

　ブリアン夫人は言う。

「いつか時期が来たら、あなたの名前を世に出しなさい」


　五月、『アデール・ブリアン・ブティック』は開店した。

エスコラを舞台にしたブリアン夫人の新作『エスコラの星』が演劇になって公開されることが決まっていたので、そのタイミングに合わせた。

事前に受けた『週刊穀物新聞』の取材で、ブリアン夫人は『アデール・ブリアン・ブティック』にはデザイナーが別にいることを明言したのだが、名前は明かせないと言ったことで、ブランドにミステリアスな魅力が加わってしまった。それはちょっと嬉しい誤算だ。

国民的人気作家であり、その美貌とセンスのよさでも少女たちの憧れの的であるブリアン夫人が手掛けるドレスショップは、前評判も上々である。

覆面デザイナーであるカトリーヌの異国風のデザインも受けている。

年配の貴婦人たちの中にはブリアン夫人の経歴に否定的な人もいたし、少し前に街で偶然会ったエメリーヌは、アンジェリクたちのドレスを散々けなした。

「ウールなんて、使用人が身に着けるものよ。公爵家の令嬢ともあろう人たちが、いったい何を考えてるの？　恥ずかしいったらありゃしない」

言いたいだけ言い「私は絶対着ないわよ」と宣言して、「オホホホホ」といつもの高笑いとともに歩き去った。

そのエメリーヌは、いざ『アデール・ブリアン・ブティック』がオープンし、若い女性たちを中心に人気が高まり、『週刊穀物新聞』で大々的に特集が組まれると、見事な手のひら返しを見せた。

「嫌だわ。まだバルテのウールを一枚も持っていないなんて、あなた、正気なの？」

カフェの衝立（ついたて）越しにエメリーヌの声を聞いた時は、妹たちと笑いをこらえるのに必死だった。

「エメリーヌみたいな人が大声で宣伝してくれるようになったら、成功したも同然ね」

「確かにそうね」

マリーヌとフランシーヌと三人、笑いをこらえつつも大きく頷きあった。

岩場の多い起伏のある大地と、そこで暮らす実直な人々の顔を思い浮かべる。

（どうかこのまま、バルテの布が世の中に根付きますように）

久しぶりにブールに戻って、セルジュと二人、ゆっくりルイーズの顔を見ることができた。

「もうすぐ一歳かぁ。何かお祝いをしなくちゃだねぇ」

六月の終わりまでまだひと月以上あるのに、セルジュが気の早いことを言った。

どこかの誰かたちを思い出す。この人はあの人の血を引いているのだ。

「あなた、お父様たちに似てきた？」

アンジェリクが聞くのと同時に、アンジェリク同様、やっとブールに落ち着き始めたエミールがセルジュとアンジェリクを呼びに来た。

「王都からの便で、お父上様たちから大量のお荷物が……」

ああ、と天を仰いだ。

あの父たちのことだ。気の早い誕生日プレゼントが、きっとこの先、一カ月は届き続けるのに違いない。

もっとも、その大半は領地内の『こども園』に配ることになるので、ありがたくもらっておく。

父たちもそのへんは承知している。その上で、何か買って送りたいのである。

階下に降りていくと、週末でブールに戻っていたポリーヌとエマが、事務所の前で何か言い争っていた。

「いいから、着てみなさいよ」

「でも……」

「どうしたの?」

荷物の山を横目に見ながら、二人に聞いた。

「ポリーヌに、新しいドレスを着てみてって言ってるんですけど……」

聞けば、王都に行った際に、地上係員たちに勧められて二人で街に買い物に行ったらしい。エマの見立てで、ブリアン夫人の店でポリーヌはドレスを一枚買ったという。

「セカンドラインという、働く女性向けのドレスが売り出されたんです」

「ええ。知ってるわ」

貴族の娘であると同時に働く側の人間でもあるカトリーヌは、ウールやリネンでドレスを作るなら、労働者階級の娘にも着られるようなものも作りたいと言った。

『黒いメイド服でも、地味な普段着でもない、丈夫だけど、ちょっと綺麗なドレスがあればいいなって思ってる娘はたくさんいると思うの』

貴族向けの飾りの多いドレスとは別に、シンプルで、なんならメイド服と変わらない作りでいいから、色合いの美しいバルテの布でドレスを作りたいと言った。

そうしてできたセカンドドラインは、庶民の服としてはややお高いものの、貴族向けのものと比べればずっと手に取りやすい価格帯で売り出したばかりだ。

そのドレスを、どうやらポリーヌとエマは手に入れたらしい。

「お給料は、貯めてるだけじゃダメなのよ」

「だって……」

「アンジェリクお嬢様、聞いてくださいよ。ポリーヌったら、めちゃくちゃお金持ちなんですよ」

ドラゴン使いの給金ははっきり言って高い。それをポリーヌはほとんど手を着けることなく貯めていたらしい。

「お給料は適度に使う。そして、せっかく買ったドレスは着なきゃ意味がないでしょ」

働く女性の先輩として、エマがビシッと指摘する。ポリーヌは、城に来たばかりの頃のように、不安そうな顔で視線を彷徨わせていた。

「ポリーヌ、私も見たいわ」

「奥様……」

「是非、着て見せてちょうだい」

ポリーヌは観念したように小さく頷き、エマに連れられて宿舎のほうへと去っていった。

父たちからの荷物を運び終えたみんなが「これで全部です」と言ってホールを出て行く。

「公爵閣下たちは、相変わらずですねえ」

呆れ半分に笑うエリクたちに「ありがとう」とか「ご苦労様」とか言いながら、ポーチに立って見送っていた。

色とりどりの花が咲き始めた丘を、ドラゴン使いたちがのんびり歩いてゆく。その向こうから、エマの後ろに隠れるようにして、菫色のドレスを身に着けたポリーヌが近づいてきた。

「おっ？」

エリクが足を止めた。

「へえ……」

ジャンが目を見開く。

誰かが「ひゅう」と口笛を吹き、その辺で笑いあっていたドラゴン使いたちが、一人、また一人と集まってきた。

何かあったのかと顔を出したセロー夫人が「あら」と呟いてサラとドニを呼びに行く。

「ポリーヌ、すごく似合ってるわ」

アンジェリクが言い、セルジュも頷く。

サラを連れて戻ってきたセロー夫人も「素敵よ」と褒める。サラは目を輝かせる。ドニが「いかしてるなぁ」と顎を撫で、ドラゴン使いたちも「見違えた」、「誰かと思った」などと言いながら、照れくさそうに微笑むポリーヌを取り囲んだ。

ドラゴン厩舎のほうから、人に踏まれそうな場所に咲いている花をちまちまと摘みながら、コスティが歩いてきた。

「おい。コスティも見てみろよ」

誰かが言い、コスティが、手に持ったアルカンスズランから目を上げた。そして、思わずというように呟いた。

「……可愛いな」

ポリーヌの顔がリンゴのように赤く染まった。「しまった」というように口に手を当てて、コスティが固まる。

時が止まる。

しばし、止まる。

次の瞬間、急にみんなが「あ、ビビの鱗を見てやらないと」だの「エサの肉は届いてたかな」などと言いながら、その場を去り始める。

バルトが無言でユーグの襟（えり）をつかんで引っ張っていった。

「アンジェリク」

セルジュに腕を引かれる。

「え、何？」

「いいから、おいで」

わけもわからないまま、ポリーヌとコスティを残して城の中に入った。扉を潜る前に振り向くと、コスティがアルカンスズランをポリーヌに差し出すのがチラリと見えた。

「春ですねぇ」

セロー夫人が嬉しそうに胸に手を当てる。

「春ですねぇ」

サラもうっとりと目を閉じる。

暖かい風が扉を抜けてくる。窓の外には明るい日差しがキラキラと光っている。

「春ね～」

アンジェリクもにこにこ笑いながら頷いた。

もうすぐ六月。

北にあるブールにも、ようやく遅い春が訪れていた。

あとがき

こんにちは。花波薫歩です。

この度は『辺境の貧乏伯爵に嫁ぐことになったので領地改革に励みます③～ドラゴンと、もっとお仕事～』をお手にとっていただき、ありがとうございます。

今回も全編書き下ろしでのお届けとなります。二回目の書き下ろし、ようやく少しコツが掴めてきたような気がしなくもなくもなく……（アヤシイです）。二巻に続いてお仕事ものになりましたが、とても楽しく書かせていただきました。面白く書けていたらいいなと思いつつ……。

近況といたしましては、持病の治療が順調で体調がとてもよく、新しい職場にも慣れてきて、生活にゆとりと潤いが戻って参りました。ちょっと遠くにも遊びに行けるようになり、楽しみが増えています。お友達とお出かけできることが、本当に嬉しいです。

睡眠時間も人並みになり（少し前まで夜八時に寝る人でした）、一日が長くなりました！

時間と体力に余裕ができたので、これからは、もっと小説を書くことを頑張りたいなと決意を新たにしています。

今回もたくさんの方にお力添えをいただきました。

ボダックス先生には、またしても素敵なカバーと挿画を描いていただき、眺めるたびに幸せな気持ちでいっぱいになっています。

地図やあらすじ、人物紹介ページをご担当くださった方もありがとうございます。

担当O様には足を向けて寝られないほど、今回もお世話になりました。その他、たくさんの方にお力添えをいただいていることと思います。この場を借りてお礼を述べさせてくださいませ。

本当にありがとうございます。

そしてお読みくださる読者様に、一番の感謝をお伝えしたいです。

本当に、本当に、ありがとうございます！

深山じお先生にご担当いただいているコミカライズも大好評連載中です。一人の読者として毎回楽しく読ませていただいています。こちらも併せてよろしくお願いいたします。

第一巻の発売からちょうど一年、たまたまなのですが、お話の中の時間も同じだけ経過しています。

ブールも六月。

遅い春がやってきました。

その春を迎えるまでのお話を、どうか楽しんでいただけますように。

二〇二三年四月吉日　花波薫歩

わいい!
無自覚な天才少女は気付かない
～あらゆる分野で努力しても家族が全く褒めてくれないので、家出して冒険者になりました～
辺境の貧乏伯爵に嫁ぐことになったので領地改革に励みます
～ドラゴンと公爵令嬢～
生贄第二皇女の困惑
敵国に人質として嫁いだら不思議と大歓迎されています
追放された聖女ですが、実は国中から愛されすぎてて怖いんですけど!?

強くてか
無自覚聖女は今日も無意識に力を垂れ流す
今代の聖女は姉ではなく、妹の私だったみたいです
異世界転移して教師になったが、魔女と恐れられている件
〜王族も貴族も関係ないから真面目に授業を聞け〜
エルフさんの魔法料理店
妖精女王として転生したけれど、まずはのんびりお料理作りまくります！
転生料理研究家は今日もマイペースに料理を作る
あなたに興味はございません
最新情報はこちら！
EARTH STAR LUNA
アース・スタールナ

王族相手に保護者面談!?

木刀で生徒にタイマン指導!?

最強の新人女教師が
魔術学院のしがらみを
ぶち壊す!?

メイドなら当然です。
万能メイドさんの
異世界紀行!!
濡れ衣を着せられた万能メイドさんは旅に出ることにしました
三上康明
illustration
キンタ

異世界ガール・ミーツ・メイドストーリー！

地味で小柄なメイドのニナは、
ある日「主人が大切にしていた壺を割った」という冤罪により、
お屋敷を放逐されてしまう。
行き場を失ったニナは、
お屋敷の中しか知らなかった生活から心機一転、
初めての旅に出ることに。

初めてお屋敷以外の世界を知ったニナは、
旅先で「不運な」少女たちと出会うことになる。

異常な魔力量を誇るのに魔法が上手く扱えない、
魔導士のエミリ。
すばらしく頭がいいのになぜか実験が成功しない、
発明家のアストリッド。
食事が合わずにお腹を空かせて全然力が出ない、
月狼族のティエン。

彼女たちは、万能メイド、ニナとの出会いにより
本来の才能が開花し……。

1巻の特設ページこちら

コミカライズ絶賛連載中！

辺境の貧乏伯爵に嫁ぐことになったので領地改革に励みます ③
～ドラゴンと、もっとお仕事～

発行 ―――― 2023年6月1日　初版第1刷発行

著者 ―――― 花波薫歩

イラストレーター ―――― ボダックス

装丁デザイン ―――― 山上陽一（ARTEN）

地図イラスト ―――― おぐし篤

発行者 ―――― 幕内和博

編集 ―――― 及川幹雄

発行所 ―――― 株式会社アース・スター エンターテイメント
〒141-0021　東京都品川区上大崎3-1-1
目黒セントラルスクエア　7F
TEL：03-5561-7630
FAX：03-5561-7632
https://www.es-luna.jp

印刷・製本 ―――― 中央精版印刷株式会社

ISBN 978-4-8030-1799-1